Arto Paasilinna wurde 1942 im lappländischen Kittilä geboren. Der Journalist und Schriftsteller ist einer der populärsten Autoren Finnlands; für seine in mehrere Sprachen übersetzten Werke erhielt er zahlreiche Literaturpreise auch außerhalb seines Heimatlandes.

Arto Paasilinna

Das Jahr des Hasen

Aus dem Finnischen von
Regine Pirschel

BLT

BLT

Band 25959

Vollständige Taschenbuchausgabe
der im Ehrenwirth Verlag erschienenen Hardcoverausgabe

BLT ist ein Imprint der Verlagsgruppe Lübbe

Titel der finnischen Originalausgabe: JÄNISKEN VUOSI
Originalverlag: Gummerus Oy, Finnland

Umschlaggestaltung: Gisela Kullowatz
Titelillustration: © IFA-Bilderteam – BCI
Satz: hanseatenSatz-bremen, Bremen
Druck und Bindung: Elsnerdruck, Berlin
Printed in Germany, März 2003
ISBN 3-404-25959-9

Sie finden uns im Internet unter
http://www.luebbe.de

Der Preis dieses Bandes versteht sich einschließlich
der gesetzlichen Mehrwertsteuer.

1. KAPITEL

Der Hase

Zwei Männer fuhren zur Mittsommerzeit eine Sandstraße entlang. Sie waren übermüdet, und die untergehende Sonne, die durch die staubige Frontscheibe drang, blendete sie. Die finnische Landschaft zog an ihnen vorüber, aber die Schönheit des Abends ließ sie vollkommen gleichgültig.

Sie waren dienstlich unterwegs, ein Redakteur und ein Fotograf, zwei unglückliche, zynische Menschen. Beide waren um die vierzig, und die Hoffnungen ihrer Jugend hatten sich nicht erfüllt, nicht einmal annähernd. Beide waren sie betrogene und enttäuschte Ehemänner, beide litten sie an einem Magengeschwür, und beide waren sie von den Sorgen des Alltags gezeichnet.

Sie hatten sich gerade darüber gestritten, ob sie heute noch bis Helsinki fahren sollten oder ob es besser wäre, in Heinola zu übernachten. Jetzt redeten sie nicht mehr miteinander. Steif und stur fuhren sie durch den schönen Abend und merkten nicht, wie erbärmlich das war. Eine anstrengende Fahrt.

Auf einem sanften Hügel tummelte sich ein junger Hase in der Sonne. Vom Sommer berauscht, machte er mitten auf der Straße Männchen. Die rote Sonne umrahmte ihn wie ein Gemälde.

Der Fotograf, der am Steuer saß, bemerkte das kleine Wesen, aber sein Hirn reagierte nicht schnell genug. Der staubige Halbschuh trat schwer auf die Bremse, doch zu spät. Das erschreckte Tier sprang vor der Kühlerhaube in die Höhe, schlug mit einem dumpfen Knall gegen die Frontscheibe und flog in hohem Bogen in den Wald.

»He, wir haben einen Hasen überfahren!« sagte der Redakteur.

»Verfluchtes Vieh, beinahe wär die Scheibe kaputt gewesen.« Der Fotograf hielt an und fuhr rückwärts zum Ort des Geschehens. Der Redakteur stieg aus.

»Siehst du ihn?« fragte der Fotograf gleichgültig. Er hatte das Seitenfenster heruntergekurbelt, ließ den Motor aber weiterlaufen.

»Was?« rief der Redakteur aus dem Wald.

Der Fotograf zündete sich eine Zigarette an und saugte mit geschlossenen Augen. Er fand erst in die Wirklichkeit zurück, als ihm die Zigarette die Finger verbrannte. »Komm schon, ich habe keine Zeit, wegen eines blöden Hasen hier herumzustehen!«

Der Redakteur lief zerstreut durch das lichte Gehölz, gelangte an eine kleine Wiese, sprang über einen Graben und starrte in das dunkelgrüne Gras. Dort saß das Häschen.

Sein Hinterlauf war gebrochen. Die Pfote hing kläglich herab und bereitete dem Tier solche Schmerzen, daß es nicht weglief, obwohl es einen Menschen kommen sah. Der Redakteur hob das verschreckte Häschen hoch. Er brach einen Zweig ab und schiente den Hinterlauf mit Stoffstreifen, die er von seinem Taschentuch riß. Das Häschen barg schutzsuchend den Kopf zwischen den kleinen Vorderpfoten, sein Herz klopfte so stark, daß seine Löffel bebten.

Von der Landstraße tönten nervöses Motorengebrumm, zwei gereizte Hupsignale und der Ruf: »Komm endlich! Wir schaffen es nie bis Helsinki, wenn du noch lange in dem verdammten Wald rumläufst. Los jetzt, oder sieh zu, wie du allein nach Hause kommst!«

Der Redakteur antwortete nicht. Er hielt das kleine Tier im Arm. Anscheinend war es ansonsten unverletzt, und allmählich beruhigte es sich.

Der Fotograf stieg aus dem Auto und starrte wütend in den Wald. Von seinem Kollegen keine Spur. Er fluchte, zündete eine Zigarette an und lief unruhig auf und ab. Da sich im Wald nichts rührte, zertrat er die Zigarette und schrie: »Dann bleib hier, du Blödmann. Viel Spaß!«

Er lauschte noch einen Moment, und als keine Antwort kam, stieg er wutentbrannt ins Auto, legte mit hektischen Bewegungen den Gang ein und fuhr los. Der Schotter knirschte unter den Rädern. Kurz darauf war das Auto verschwunden.

Den Hasen im Arm, saß der Redakteur am Grabenrand, und er glich einer alten Frau, die mit dem Strickzeug im Schoß ihren Gedanken nachhängt. Das Motorengeräusch verebbte in der Ferne. Die Sonne ging unter.

Er setzte das Häschen ins Gras und fürchtete einen Moment, das Tier würde die Flucht ergreifen, aber es blieb zwischen den Halmen sitzen, und als er es wieder aufhob, hatte es keine Angst mehr.

»Da sitzen wir nun«, sagte der Mann zum Hasen.

Dies war der Stand der Dinge: Er saß allein mitten im Wald, an einem Sommerabend, im Jackett. Eigentlich war er regelrecht ausgesetzt worden.

Was macht man gewöhnlich in einer solchen Situation? Der Redakteur sagte sich, daß er auf die Rufe des Fotografen hätte antworten müssen. Es blieb ihm wohl nichts anderes übrig, als zur Landstraße zurückzugehen und auf das nächste Auto zu warten, er mußte auf eigene Faust nach Heinola oder Helsinki gelangen.

Der Gedanke gefiel ihm ganz und gar nicht.

Er sah in seine Brieftasche. Sie enthielt ein paar

Hunderter, den Presseausweis, die Krankenversicherungskarte, ein Foto seiner Frau, einige Münzen, Kondome, einen Schlüsselbund, ein altes Mai-Abzeichen; ferner Stifte, einen Schreibblock, den Ehering. Auf den Schreibblock hatte sein Arbeitgeber drucken lassen: Kaarlo Vatanen, Redakteur. Laut Kennzahl auf der Versicherungskarte war Kaarlo Vatanen 1942 geboren.

Vatanen stand auf, betrachtete das letzte Sonnenlicht hinter den Bäumen, nickte dem Hasen zu. Er blickte zur Landstraße hin, tat aber keinen Schritt in diese Richtung. Er hob den Hasen hoch, verstaute ihn vorsichtig in der Seitentasche seines Jacketts und ging über die Wiese auf den Wald zu. Es wurde schon dunkel.

Der Fotograf war immer noch wütend, als er Heinola erreichte. Dort tankte er und beschloß, in das Hotel zu gehen, das der Redakteur zum Übernachten vorgeschlagen hatte.

Er nahm ein Zweibettzimmer, legte die staubigen Kleider ab und ging unter die Dusche. Nachdem er sich gewaschen hatte, ließ er sich im Hotelrestaurant nieder. Er sagte sich, der Redakteur werde sicher bald auftauchen, dann könnten sie die Sache in Ordnung bringen. Er trank ein paar Bier, und als er gegessen hatte, ging er zu härteren Sachen über.

Vom Redakteur keine Spur.

Spät in der Nacht saß der Fotograf noch immer in der Hotelbar. Er starrte auf den schwarzen Tresen und beklagte grimmig sein Schicksal. Den ganzen Abend über hatte er nachgedacht und eingesehen, daß es ein Fehler gewesen war, seinen Kollegen in einer fast unbewohnten Gegend im Wald zurückzulassen. Vielleicht hatte sich der Redakteur das Bein gebrochen, sich verirrt oder war in einem Moorloch ertrunken. Denn sonst wäre er doch nach Heinola gelangt, notfalls zu Fuß.

Der Fotograf beschloß, Vatanens Frau in Helsinki anzurufen.

Sie antwortete verschlafen, Vatanen sei nicht bei ihr, und als sie merkte, daß der Anrufer betrunken war, legte sie den Hörer auf. Der Fotograf wählte ein zweites Mal die Nummer, aber niemand nahm ab. Die Frau hatte offenbar den Stecker herausgezogen.

Noch vor Morgengrauen bestellte sich der Fotograf ein Taxi. Er wollte nachsehen, ob der Redakteur noch an dem Ort war, an dem er ihn zurückgelassen hatte. Der Taxichauffeur fragte seinen betrunkenen Fahrgast, wohin er fahren wolle.

»Einfach hier die Straße lang, ohne besonderes Ziel. Ich sage Bescheid, wo Sie anhalten sollen.«

Der Chauffeur warf einen Blick nach hinten. Eine Fahrt auf nächtlicher Straße in Richtung Wald, ohne besonderes Ziel also. Er holte unauffällig die Pistole aus dem Handschuhfach und legte sie zwischen seine Knie. Beunruhigt musterte er den Fahrgast.

Auf einer Anhöhe sagte dieser: »Hier halten!«

Der Chauffeur griff nach der Waffe. Der Betrunkene stieg jedoch ruhig aus dem Auto und rief in den Wald:

»Vatanen, Vatanen!«

Der dunkle Wald antwortete nicht einmal mit einem Echo.

»Vatanen, he, Vatanen!«

Der Mann zog seine Schuhe aus, krempelte die Hosenbeine bis zu den Knien hoch und ging barfuß in den Wald hinein. Bald war er in der Dunkelheit verschwunden. Immer wieder rief er nach Vatanen.

Komischer Vogel, dachte der Chauffeur.

Nachdem der Fahrgast eine halbe Stunde im finsteren Wald herumgelärmt hatte, kehrte er zur Straße zurück. Er bat um einen Lappen und wischte sich den Schlamm von den Füßen, dann zog er die Schuhe auf die bloßen Füße, die Strümpfe steckten in seiner Jackentasche. Sie fuhren nach Heinola zurück.

»Vermissen Sie jemanden, der Vatanen heißt?«

»Ja. Ich habe ihn abends dort bei dem Hügel zurückgelassen. Da ist er aber nicht mehr.«

»Nein. Ich habe ihn auch nicht gesehen«, sagte der Chauffeur teilnahmsvoll.

Als der Fotograf am nächsten Tag gegen elf im Hotel erwachte, hatte er einen schlimmen Kater, sein Kopf dröhnte, ihm war übel. Da kam ihm in den Sinn, daß der Redakteur verschwunden war. Er mußte dringend Vatanens Frau auf der Arbeit anrufen.

Er erzählte ihr: »Er lief in den Wald, um einen Hasen zu suchen, und ist nicht wieder rausgekommen. Ich hab nach ihm gerufen, aber er hat nicht geantwortet. Schließlich hab ich ihn zurückgelassen. Er wollte wohl selber dort bleiben.«

Die Frau fragte: »War er blau?«

»Nein.«

»Wo ist er denn, er kann doch nicht einfach so verschwinden.«

»Anscheinend doch. Zu Hause ist er nicht?«

»Nein, zum Teufel, der macht mich noch wahnsinnig! Soll er doch selber zusehn. Hauptsache, er kommt nach Hause, sag ihm das.«

»Wie soll ich ihm etwas sagen, wenn ich nicht weiß, wo er ist?«

»Dann treib ihn auf, und er soll mich sofort im Dienst anrufen. Und sag ihm, es wäre das letzte Mal, daß er solche Zicken macht. Da kommt Kundschaft, er soll mich anrufen, mach's gut.«

Der Fotograf rief in der Redaktion an.

»Da ist noch etwas, Vatanen ist verschwunden.«

»Wo ist er denn hin?« fragte der Chefredakteur. Der Fotograf erzählte ihm die Geschichte.

»Er wird schon wieder auftauchen. Eure Story ist nicht so wichtig, die kann man verschieben, wir bringen sie, wenn Vatanen zurück ist.«

Der Fotograf deutete an, daß Vatanen etwas zugestoßen sein könne.

Die Kollegen in Helsinki beruhigten ihn. »Komm schon. Was sollte ihm passiert sein? Außerdem wäre das sein Problem.«

»Ob ich es der Polizei melde?«

»Das kann seine Frau machen, wenn sie will. Weiß sie schon Bescheid?«

»Ja, aber es ist ihr ziemlich egal.«

»Uns geht die Sache eigentlich auch nichts an.«

2. KAPITEL

Bilanz

Früh am Morgen wurde Vatanen in einer Scheune von Vogelgezwitscher geweckt. Es duftete angenehm nach Heu. Der Hase lag in seinem Arm, er schien die Schwalben zu beobachten, die unter den Dachbalken verschwanden; sie bauten wohl ihr Nest oder flogen deshalb so eifrig aus und ein, weil sie schon Junge hatten.

Die Sonne schien durch die Ritzen, das Heu vom Vorjahr war schön warm. Vatanen lag etwa eine Stunde gedankenverloren da, dann raffte er sich endlich auf und ging mit dem Hasen auf dem Arm nach draußen.

Hinter einer blühenden Wiese plätscherte ein kleiner Bach. Vatanen setzte den Hasen am Ufer ab, zog sich aus und badete in dem kalten Wasser. Kleine Fische schwammen in dichtem Schwarm stromaufwärts, sie erschraken bei jeder seiner Bewegungen, hatten aber die Angst sogleich wieder vergessen.

Vatanen mußte an seine Frau in Helsinki denken. Er wurde mißmutig.

Vatanen mochte seine Frau nicht. Sie war in gewisser Weise boshaft, oder besser gesagt: egoistisch, die ganze Ehe hindurch. Sie hatte die Gewohnheit, sich häßliche Kleidung zu kaufen, häßlich und unpraktisch, und sie trug sie immer nur kurze Zeit, denn sie gefielen ihr auf die Dauer auch nicht. Vatanen hätte sie sicher auch ausgetauscht, wenn das so einfach gewesen wäre, wie die Garderobe zu wechseln.

Zu Beginn ihrer Ehe hatte sie zielstrebig das gemeinsame Heim, das Nest, eingerichtet. Ihre Wohnung war eine seltsame Mischung aus allerlei Einrichtungstips von Frauenzeitschriften geworden, oberflächlich und geschmacklos; große Poster und unbequeme Sessel beherrschten die Räume, man konnte sich kaum darin aufhalten, ohne sich irgendwo zu stoßen. Die verschiedenen Einrichtungsgegenstände vertrugen sich nicht miteinander. Die Wohnung war ein Abbild von Vatanens Ehe.

Irgendwann im Frühjahr war seine Frau schwanger geworden und hatte das Kind schleunigst abgetrieben. Ein Kinderbett hätte die Harmonie der Einrichtung zerstört, sagte sie als Begründung, aber den wahren Grund erfuhr Vatanen erst später: Das Kind war nicht von ihm.

»Bist du eifersüchtig wegen eines toten Embryos, du Trottel?« fragte sie, als Vatanen die Sache zur Sprache brachte.

Vatanen setzte den Hasen so dicht an den Bach, daß er trinken konnte. Das kleine Langohr tauchte die Schnauze in das klare Wasser, es hatte für seine Größe einen erstaunlichen Durst. Nachdem es getrunken hatte, begann es energisch Blätter zu fressen. Die Hinterpfote tat ihm noch weh.

Ich müßte wohl nach Helsinki zurück, sagte sich Vatanen. Was sie wohl in der Redaktion über sein Verschwinden dachten?

Eine schöne Arbeit, die er da hatte! Diese Zeitschrift deckte lauter Mißstände auf, schwieg aber wohlweislich über alle Grundfehler der Gesellschaft. Auf der Titelseite Woche für Woche die verwöhnten Gesichter von Stars und Sternchen, Misses, Mannequins, die Babys bekannter Musiker. In jüngeren Jahren war Vatanen als Reporter einer großen Zeitung zufrieden gewesen, besonders dann, wenn er jemanden interviewen konnte, dem Unrecht widerfahren oder der im besten Falle – vom Staat unterdrückt worden war. Da glaubte er, gute Arbeit zu leisten, weil er wenigstens diesen einen Mißstand an die Öffentlichkeit brachte. Aber jetzt, nach all der Zeit, bildete er sich nicht mehr ein, etwas Sinnvolles zu tun. Er beschränkte sich auf das, was man von ihm verlangte und verzichtete auf kritische Kommentare. Seine Kollegen machten es nicht anders: Sie waren mit ihrer Arbeit unzufriedene und zynische

Menschen geworden. Jeder kleine Marketing-Mitarbeiter durfte einem Redakteur sagen, welche Storys der Verleger erwartete, und die wurden dann geschrieben. Die Zeitschrift hatte Erfolg, aber Wissen wurde nicht vermittelt, es wurde verwässert, verschleiert, in oberflächliche Unterhaltung verwandelt. Schöner Beruf!

Man zahlte Vatanen zwar ein recht gutes Gehalt, trotzdem war er ständig in Geldnot. Die Miete betrug im Monat fast tausend Mark, Wohnen war teuer in Helsinki. Eine Eigentumswohnung würde er sich niemals leisten können. Er hatte sich ein Boot gekauft, aber auch dafür mußte er noch Raten zahlen. Außer Bootfahren hatte Vatanen so gut wie keine Hobbys. Seine Frau sprach manchmal von Theaterbesuchen, aber er wollte nicht mit ihr ausgehen, allein der Klang ihrer Stimme brachte ihn zur Weißglut.

Vatanen seufzte.

Der Sommermorgen wurde immer strahlender, aber Vatanen hatte sich mit seinen Grübeleien alle Freude verdorben. Erst als er den gesättigten Hasen wieder in der Tasche verstaut hatte, verließen ihn die trüben Gedanken. Er ging nun zielstrebig nach Westen, in dieselbe Richtung, die er gestern abend nach Verlassen der Landstraße eingeschlagen hatte. Die Bäume rauschten fröhlich, und Vatanen summte ein

Lied. Aus seiner Jackentasche lugten die Hasenohren.

Nach ein paar Stunden gelangte Vatanen in ein Dorf. Er wanderte die Dorfstraße entlang und fand zu seinem Glück einen Kiosk. Ein junges Mädchen machte sich davor zu schaffen. Sie schien im Begriff, den kleinen Laden zu öffnen.

Vatanen trat näher, grüßte, setzte sich auf die Veranda.

Das Mädchen klappte die Fensterläden auf, ging in das Häuschen hinein, schob die Glasscheibe zur Seite und sagte: »Der Kiosk ist offen. Was darf's sein?«

Vatanen kaufte Zigaretten und eine Flasche Limonade.

Das Mädchen musterte ihn aufmerksam und fragte dann: »Bist du ein Verbrecher?«

»Nein. Hast du Angst vor mir?«

»Nee, das nicht. Ich dachte bloß, weil du aus dem Wald kommst.«

Vatanen holte den Hasen hervor, setzte ihn auf die Bank.

»He, du hast ja ein Karnickel«, freute sich das Mädchen.

»Es ist kein Kaninchen, sondern ein Hase. Ich hab ihn gefunden.«

»Ach, der Arme, sein Bein ist ja verletzt! Ich hol

ihm ein paar Mohrrüben.« Das Mädchen verließ den Kiosk, lief in ein nahe gelegenes Haus und kehrte nach kurzer Zeit mit einem Bündel erdiger vorjähriger Mohrrüben zurück. Sie spülte sie mit Limonade ab und hielt sie eifrig dem Hasen hin, aber der fraß nicht. Das Mädchen schien enttäuscht.

»Die mag er wohl nicht.«

»Er ist ein bißchen krank. Gibt es hier im Dorf einen Tierarzt?«

»Ja, den Mattila, aber der ist nicht von hier, der kommt immer nur im Sommer, den Winter verbringt er in Helsinki. Sein Haus steht da drüben am Seeufer. Wenn du aufs Kioskdach steigst, zeig ich dir, welches Haus es ist.«

Vatanen kletterte aufs Kioskdach. Das Mädchen stand unten und erklärte ihm, wohin er blicken mußte und welche Farbe das Haus hatte. Vatanen befolgte die Anweisungen und erkannte die Villa des Tierarztes. Dann kletterte er wieder herunter, das Mädchen stützte ihn am Hintern.

Der Tierarzt Mattila gab dem Hasen eine kleine Spritze und verband sorgfältig den Hinterlauf.

»Er hat einen Schock erlitten. Der Lauf wird wieder gesund. Falls Sie ihn in die Stadt mitnehmen, besorgen Sie ihm frischen Salat, den frißt er. Den Salat gut abspülen, damit das Tier keinen Durchfall bekommt! Und zu trinken nur frisches Wasser!«

Als Vatanen zum Kiosk zurückkehrte, saßen dort ein paar Männer herum. Das Mädchen stellte Vatanen vor: »Hier ist er, der Mann mit dem Hasen.«

Die Männer tranken Bier. Der Hase interessierte sie sehr, sie erkundigten sich eingehend nach ihm und versuchten, sein Alter zu schätzen. Einer der Männer erzählte, er gehe immer vor dem Heumachen durch die Wiesen und rufe dabei laut, um die im Gras versteckten Junghasen zu warnen.

»Sie geraten sonst in die Mähmaschine. Einen Sommer waren es drei Stück, bei dem ersten waren die Ohren abgeschnitten, bei dem zweiten die Hinterpfoten, der dritte war in zwei Teile geteilt. Wenn ich sie vorher verscheucht habe, ist nie einer in den Mäher gekommen.«

Das Dorf gefiel ihm so sehr, daß Vatanen viele Tage blieb und in einer Dachkammer wohnte.

3. KAPITEL

Vorkehrungen

Vatanen bestieg den Linienbus nach Heinola, denn auch im freundlichsten Dorf soll man nicht endlos herumlungern.

Vatanen saß ganz hinten mit dem Hasen im Korb. Vor ihm saßen ein paar Bauern und rauchten. Als sie den Hasen sahen, knüpften sie ein Gespräch an: Es gebe in diesem Sommer ungewöhnlich viele Junghasen, und ob der hier wohl ein Männchen oder Weibchen sei. Schließlich fragten sie Vatanen, ob er den Hasen schlachten und aufessen wolle, wenn er ausgewachsen wäre. Vatanen verneinte entschieden. Darauf wurde entgegnet, daß ja auch keiner seinen eigenen Hund schlachte und daß man sich manchmal eher an ein Tier als an einen Menschen gewöhne.

Vatanen nahm ein Hotelzimmer, wusch und rasierte sich und ging nach unten, um etwas zu essen. Es war Mittag, aber das Restaurant war leer. Er setzte den Hasen auf einen Stuhl neben sich.

Der Ober, der die Speisekarte brachte, sprach ihn

an: »Eigentlich ist der Aufenthalt von Tieren hier verboten.«

»Er ist nicht gefährlich.«

Vatanen bestellte ein Gericht für sich und für den Hasen frischen Salat, geriebene Möhren und frisches Wasser. Der Ober sah Vatanen mißbilligend an, als er den Hasen auf den Tisch vor die Salatschüssel setzte, sagte aber nichts mehr.

Nach der Mahlzeit rief Vatanen von der Hotelhalle aus seine Frau in Helsinki an.

»Aha, du bist es!« schrie sie wütend. »Aus welchem Loch rufst du an? Komm sofort nach Hause!«

»Ich wollte eigentlich überhaupt nicht mehr nach Hause kommen.«

»Was du nicht sagst! Du bist übergeschnappt, dir wird nichts anderes übrigbleiben, als herzukommen. Mach keine Zicken! Du verlierst noch deinen Job! Antero und Kerttu wollen uns heute abend besuchen, was soll ich denen bloß sagen?«

»Sag, ich bin von zu Hause weggelaufen, das ist wenigstens nicht gelogen.«

»Das kann ich doch nicht sagen, was sollen sie denken? Glaub bloß nicht, daß ich einer Scheidung zustimme, falls du das erreichen willst! Du kommst mir nicht so einfach davon, wo du mein ganzes Leben zerstört hast. Acht Jahre habe ich durch dich verloren! Ich war verrückt, dich zu nehmen!«

Sie fing an zu weinen.

»Heul schneller, das Gespräch wird teuer genug.«

»Wenn du nicht sofort kommst, geh ich zur Polizei, dann wirst du sehen, was passiert, wenn man einfach von zu Hause abhaut!«

»Die Polizei wird sich kaum dafür interessieren.«

»Daß du's weißt, ich rufe sofort Antti Ruuhonen an, ich stehe keineswegs allein.«

Vatanen legte auf.

Dann rief er seinen Freund Yrjö an.

»Du, Yrjö, ich würde dir das Boot verkaufen.«

»Tatsächlich? Von wo rufst du an?«

»Aus der Provinz, aus Heinola. Ich will in nächster Zeit nicht nach Helsinki kommen, und ich brauche Geld. Kaufst du das Boot?«

»Na klar. Gibst du's mir für fünfzehntausend?«

»Abgemacht. Du kannst dir die Schlüssel in der Redaktion abholen, sie liegen im Schreibtisch in der untersten Schublade links, zwei Schlüssel an einem blauen Plastikring. Frag nach Leena, das heißt, du kennst sie ja, sie kann dir die Schlüssel geben. Sag, in meinem Auftrag. Bist du flüssig?«

»Bin ich. Ist der Liegeplatz im Preis mit drin?«

»Ja. Mach jetzt folgendes: Geh sofort auf die Bank und löse meinen Wechsel ein, bleiben zwölftausend Mark in bar. Dann gehst du zu meiner Frau, gibst ihr fünftausend, und die restlichen siebentausend schickst du per Eilüberweisung an die Genossenschaftsbank in Heinola. Glaubst du, daß sich das machen läßt?«

»Krieg ich auch deine Seekarten?«

»Ja, die sind bei meiner Frau. Setz das Boot nicht auf Grund, fang vorsichtig an, damit es keine Schäden gibt.«

»Verrat mir mal, warum du dich von deinem Boot trennst. Ausgeflippt?«

»Könnte man so sagen.«

Am folgenden Tag ging Vatanen mitsamt seinem Hasen in leichtem, sorglosem Schritt zur Bank von Heinola.

Man redet viel vom sechsten Sinn des Menschen, und je näher Vatanen der Bank kam, desto deutlicher spürte er, daß etwas nicht stimmte. Er näherte sich vorsichtig dem Gebäude, obwohl er sich nicht vorstellen konnte, welche Gefahr ihm dort drohen mochte. Er vermutete, die paar Tage Freiheit hätten seine Sinne geschärft. Der Gedanke amüsierte ihn, und er betrat lächelnd die Bank.

Sein Instinkt hatte ihn zu Recht gewarnt.

Im Schalterraum, mit dem Rücken zur Tür, saß seine Frau. Vatanens Herz krampfte sich zusammen, Wut und Angst packten ihn. Sogar der Hase erschrak.

Vatanen stürzte auf die Straße. Er rannte davon,

so schnell ihn seine Füße trugen. Die Passanten starrten verblüfft dem Mann nach, der aus dem Bankgebäude flüchtete, mit einem Korb in der Hand, aus dem kleine Hasenohren lugten. Vatanen rannte bis ans Ende des Häuserblocks, bog in eine Nebenstraße ein und entdeckte die Tür eines kleinen Wirtshauses. Er stürmte hinein, völlig außer Atem.

»Sie sind sicherlich Redakteur Vatanen«, sagte der Ober und blickte den Hasen an wie einen alten Bekannten. »Sie werden schon erwartet.«

Im hinteren Teil des Lokals saßen der Fotograf und der Chefredakteur. Sie tranken Bier und blickten nicht auf. Der Ober erklärte Vatanen, diese Herren hätten ihn gebeten, einen Mann von seinem Aussehen, der möglicherweise einen Hasen bei sich hat, an ihren Tisch zu bringen.

Vatanen entfloh erneut.

Er mischte sich schnell unter die Passanten, eilte in sein Hotel und überlegte krampfhaft, warum die Sache schiefgelaufen war. Er kam zu dem Schluß, daß hinter allem Yrjö steckte, dieser Lump.

Vatanen rief ihn an. Wie sich herausstellte, hatte Yrjö in seiner Schusseligkeit Vatanens Frau erzählt, wohin er das restliche Geld für das Boot geschickt hatte. Alles Weitere konnte man sich denken: Sie hatte den Chef ihres Mannes zu einer Fahrt nach

Heinola überredet, um Vatanen zu fassen, und nun saß sie in der Bank und wartete darauf, daß er sein Geld abholte. Die Summe war überwiesen worden, aber wie sollte Vatanen jetzt unauffällig an sie herankommen?

Eine Lösung mußte her.

Vatanen fand sie. Er bat den Portier um die Rechnung und sagte ihm, es kämen bald drei Personen, eine Frau und zwei Männer, um ihn in seinem Zimmer zu besuchen. Danach schrieb er ein paar Worte auf das Hotelbriefpapier und legte das Blatt auf den Tisch. Er suchte im Telefonbuch nach der Nummer jener Kneipe, in der er vorhin eine kurze Gastrolle gegeben hatte, und rief dort an. Es meldete sich derselbe Ober.

»Hier Redakteur Vatanen. Könnten Sie einen der beiden Männer, die dort auf mich warten, ans Telefon bitten?«

»Ist da Vatanen?« dröhnte kurz darauf die Stimme des Chefredakteurs aus dem Hörer.

»Jawohl, ich bin's.«

»Haben wir dich endlich, du Ausreißer! Rat mal, wo deine Frau ist. In der Bank, und wir warten hier in der Kneipe auf dich. Komm schnell her, damit wir wieder nach Helsinki fahren können. Schluß mit dem ganzen Theater!«

»Hör zu, ich kann jetzt nicht. Kommt alle drei in

mein Hotel, meine Zimmernummer ist 312, ich muß noch ein paar Ferngespräche führen. Holt meine Frau in der Bank ab, dann klären wir die Sache hier zu viert.«

»Gut, wir kommen. Und bleib schön da, wo du bist.«

»Ist klar, bis gleich also.«

Kaum hatte er das gesagt, griff Vatanen den Hasenkorb, eilte zum Lift, bezahlte beim Portier die Rechnung und erklärte, er stelle den drei Personen, die gleich kämen, sein Zimmer zur Verfügung. Und schon war er draußen auf der Straße.

Auf Umwegen näherte er sich der Bank und spähte von weitem, ob seine Frau noch ihren Posten hielt. Da war sie, das Biest. Vatanen zog sich hinter die Hausecke zurück.

Der Chefredaktuer und der Fotograf hatten inzwischen die Kneipe verlassen. Sie gingen in die Bank und kamen bald in Begleitung von Vatanens Frau wieder heraus. Alle drei machten sich auf den Weg zum Hotel. Vatanen hörte seine Frau sagen: »Ich hab euch ja gesagt, so einfach schnappen wir den nicht.«

Als die drei außer Sichtweite waren, betrat Vatanen ruhig die Bank, ging zum Schalter und zeigte seinen Personalausweis. Der Beamte las darin den Namen.

»Ihre Frau hat Sie gesucht. Gerade eben ist sie gegangen.«

»Ich weiß. Ich treffe sie nachher.«

Vatanen erhielt seine siebentausend Mark, abzüglich sechs Mark Gebühren für die Eilüberweisung. Vatanen quittierte und steckte das Geld ein, es war ein ganz schöner Batzen. Währenddessen hockte der Hase auf der Glasplatte des Schaltertisches. Die weiblichen Bankangestellten hatten ihre Arbeit unterbrochen und sich versammelt, um das niedliche Tier zu bewundern, alle wollten es streicheln.

»Vorsicht mit dem Hinterlauf«, mahnte Vatanen gutmütig.

»Ach, wie goldig«, sagten die Frauen. In der Bank herrschte plötzlich eine Atmosphäre, daß einem warm ums Herz wurde.

Nur mit Mühe gelang es Vatanen, die Bank zu verlassen. Dann eilte er zum Taxistand auf dem Markt, stieg in ein großes schwarzes Auto und sagte zum Fahrer: »Nach Mikkeli, schnell!«

In Vatanens Hotelzimmer wurde heftig debattiert. Ursache war der Zettel, den man auf dem Tisch gefunden hatte. Darauf stand: »Laßt mich gefälligst in Frieden. Vatanen.«

4. KAPITEL

Pflanzen

Sonniges Mikkeli, grenzenlose Freiheit. Vatanen saß auf einer Bank im Zentralpark, der Hase suchte den Rasen nach Eßbarem ab. Vom Busbahnhof näherten sich vier grellbunt gekleidete Zigeunerinnen, sie blieben stehen, sahen sich den Hasen an und zogen Vatanen in ein Gespräch. Die Frauen waren in fröhlicher Stimmung und wollten den Hasen kaufen.

Sie erklärten Vatanen, wo das Büro des Wildschutzamtes Süd-Savo lag.

Eine der Frauen wollte ihm unbedingt wahrsagen: »Ein großer Umsturz«, sagte sie und erklärte, Vatanen habe unter starkem Druck gestanden und einen wichtigen Entschluß gefaßt. Die Lebenslinie seiner Hand zeige eine wildbewegte Zukunft, er habe viele Reisen in Aussicht, Sorgen werde er keine haben. Als Vatanen der Frau Geld geben wollte, nahm sie es nicht.

»Aber Söhnchen, was soll man im Sommer mit Geld!«

An der Tür zum Wildschutzamt hing ein Zettel mit der Nachricht, der Wildhüter U. Kärkkäinen sei zu Hause anzutreffen. Vatanen nahm ein Taxi und fuhr zu der angegebenen Adresse. Auf dem Hof bellte ein großer Hund. Als er den Hasen witterte, begann er fürchterlich zu heulen. Vatanen wagte sich nicht näher heran.

Ein großer junger Mann kam aus dem Haus, um den Hund zu beruhigen. Vatanen trat ein. Der Wildhüter bot seinem Gast einen Stuhl an und fragte, wie er ihm behilflich sein könne.

»Was frißt so ein Tier?« fragte Vatanen, hob den Hasen aus dem Korb und setzte ihn zwischen sich und den Wildhüter auf den Tisch. »Der Tierarzt in Heinola hat mir Salat empfohlen, aber der ist so schwer zu beschaffen. Gras scheint er nicht zu mögen.«

Kärkkäinen betrachtete den Junghasen mit sachkundigem Interesse.

»Ein Männchen, kaum einen Monat alt. Wollen Sie ihn aufziehen? So etwas ist laut Gesetz streng verboten.«

»Er wäre ohne mich gestorben, sein Hinterlauf war gebrochen.«

»Ja, ich sehe. Aber die Sache muß legalisiert werden. Ich schreibe Ihnen eine offizielle Genehmigung aus, den Hasen als zahmes Tier halten zu dürfen.«

Er schrieb mit der Maschine ein paar Zeilen auf ein Blatt Papier, drückte einen Stempel darauf und setzte seinen Namen unten in die Ecke. Der Inhalt lautete:

Bescheinigung.

Hiermit bescheinige ich, daß der Inhaber dieses Schreibens die amtliche Genehmigung besitzt, einen wilden Waldhasen zu halten und aufzuziehen. Der Inhaber des Schreibens hat das Tier in seine Obhut genommen, als es am linken Hinterlauf verletzt war und somit hätte verenden können.

Mikkeli, U. Kärkkäinen
Wildschutzamt Süd-Savo

»Geben Sie ihm jungen Klee zu fressen, den kriegt man jetzt fast überall. Und trinken darf er nur klares Wasser, mit Milch braucht man ihm gar nicht erst zu kommen. Außer Klee kommt noch frisches Heu in Frage und Grummet. Straußgras schmeckt ihm, außerdem mag er noch die Wiesenkicher und alle Wickenarten, Bastardklee ist auch geeignet. Im Winter geben Sie Saft von Laubbäumen und auch gefrostete Heidelbeerreiser, falls Sie ihn in der Stadt halten.«

»Was für eine Pflanze ist diese Wiesenkicher? Ich glaube, die kenne ich nicht.«

»Aber Wicken kennen Sie?«

»Ich glaube schon. Das sind Erbsengewächse, sie haben kletternde Ranken wie Erbsen.«

»Die Wiesenkicher ist der Wicke sehr ähnlich. Sie hat gelbe Blüten, daran erkennt man sie am besten. Ich werde sie Ihnen aufmalen, daran können Sie sich dann orientieren.«

Kärkkäinen nahm ein Blatt Papier und einen Bleistift und machte sich ans Werk. Ein großer Zeichner vor dem Herrn war er nicht. Seine kräftige Faust konnte den Stift nur mühsam führen, die Spitze drückte sich tief ins Papier und brach mehrmals ab. Es dauerte lange, bis die Konturen der Pflanze zu erkennen waren. Vatanen spähte interessiert auf das entstehende Bild. Kärkkäinen schob das Papier zur Seite, um anzudeuten, daß er seinen Schöpfungsakt ohne Störung beenden wollte.

»Und dann hat sie diese kleinen gelben Blüten, verflixt, man müßte gelbe Farbe haben, dann wäre es besser zu sehen. Ich nehme mal die Wasserfarben von meinem Jungen.«

Kärkkäinen holte Wasser, um das plumpe Pflanzenbild farbig auszumalen. Er färbte Stiele und Blätter grün und säuberte sorgfältig den Pinsel, bevor er sich an die gelben Blüten machte.

»Dies Papier ist ein bißchen zu dünn, die Farbe zerläuft.«

Nach getaner Arbeit schob Kärkkäinen die Malgeräte beiseite und blies die Wasserfarbe trocken. Er betrachtete sein Werk gründlich, hielt es weit von sich, um das Ergebnis zu prüfen.

»Tja, ich weiß nicht, ob Ihnen das Bild viel nützt, aber ungefähr so sieht die Pflanze aus, die frißt er bestimmt gern. Die Ranken sind ein bißchen zu dick geraten, die muß man sich bei den richtigen Pflanzen dünner vorstellen. Haben Sie eine Aktentasche? Dann können Sie das Bild reinstecken und brauchen es nicht zu falten.«

Vatanen schüttelte den Kopf. Kärkkäinen gab ihm einen großen grauen Briefumschlag, in den die Zeichnung ungefaltet hineinpaßte.

Vatanen bedankte sich für die Ratschläge. Der Wildhüter lächelte verlegen, aber geschmeichelt. Auf dem Hof schüttelten sich die Männer herzlich die Hand.

Der Taxichauffeur hatte eine halbe Stunde gewartet. Vatanen bat ihn, zum Stadtrand zu fahren, an irgendeine Stelle mit üppigem Pflanzenwuchs. Der rechte Ort war schnell gefunden: ein großes Birkengehölz, das zur Landstraße hin von gelben Butterblumen und Löwenzahn gesäumt war.

Der Chauffeur fragte, ob er beim Blumenpflükken helfen könne, die Zeit werde ihm lang, wenn er allein im heißen Auto sitze.

Eine ausgezeichnete Idee.

Vatanen gab ihm Kärkkäinens Bild. Es dauerte gar nicht lange, da rief der Mann erfreut aus dem Gehölz, er habe die Wiesenkicher entdeckt. Auch die anderen vom Wildhüter empfohlenen Pflanzen wuchsen auf dem Gelände.

»Ich habe mich schon immer für Botanik interessiert«, gestand der Taxichauffeur.

Nach einer halben Stunde hatte jeder der Männer einen großen Arm voll geeigneter Pflanzen gesammelt. Der Hase fraß bereitwillig davon. Inzwischen ging der Taxichauffeur mit einer Radkappe seines Autos zum Hydranten, spülte sie unter dem Hahn ab und füllte sie mit Wasser. Der Hase trank den größten Teil, den Rest teilten sich die beiden ebenfalls durstigen Männer. Anschließend befestigte der Chauffeur die Kappe wieder am Vorderrad seines Autos.

»Wir können das Grünzeug zu mir bringen, da kann es solange im Flurschrank bleiben, bis Sie ein Hotelzimmer oder eine andere Unterkunft gefunden haben.«

In der Stadt hielten sie vor dem Wohnhaus des Taxichauffeurs. Beide Männer nahmen die Arme voller Pflanzen, stiegen in den Fahrstuhl und fuhren in die vierte Etage. Die Tür wurde von einer unauffällig wirkenden Frau geöffnet, die ein wenig überrascht schien, als sie ihren Mann mit einem Fremden sah, beide die Arme voll duftender Gräser.

»Helvi, das hier ist das Gras von dem Kunden, wir packen es in den Schrank, bis es wieder gebraucht wird.«

»Ach du Schreck, wo soll das alles hin?« jammerte die Frau, verstummte aber, als sie den erbosten Blick ihres Mannes sah. Vatanen bezahlte die Fahrt. Bevor er ging, bedankte er sich.

Der Taxichauffeur sagte: »Rufen Sie einfach an, ich bringe dann das Gras.«

5. KAPITEL

Die Verhaftung

Mitte Juli hatte es Vatanen an die Landstraße nach Nurmes verschlagen. Es regnete, er fror.

Er war gerade aus dem Linienbus Kuopio-Nurmes gestiegen. Und hier stand er nun auf der Straße, wurde naß, nur wegen eines spontanen Einfalls. Bis ins Kirchdorf Nilsiä waren es noch viele Kilometer.

Der Hinterlauf des Hasen war geheilt, außerdem war das Tier mächtig gewachsen und paßte kaum noch in den Korb.

Hinter der Kurve stand immerhin ein Haus, eine anderthalbgeschossige, recht stattliche Behausung. Vatanen beschloß, dort um ein Nachtquartier zu bitten. Im Vorgarten arbeitete eine Frau im Regenmantel, ihre Hände waren schwarz von Erde. Sie war alt, und Vatanen sah im Geiste seine eigene Frau. Irgend etwas an dieser Frau erinnerte an sie.

»'n Tag.«

Die Frau richtete sich aus ihrer gebückten Haltung auf, musterte den Ankömmling und danach den nassen Hasen, der vor Vatanen hersprang.

»Mein Name ist Vatanen, ich bin gerade aus Kuopio gekommen und aus Versehen hier ausgestiegen, eigentlich wollte ich ins Kirchdorf Nilsiä. Es regnet ja ein bißchen, und wie schaut es sonst so aus?«

Die Frau sah auf den Hasen.

»Was ist denn das da?«

»Das ist bloß ein Hase. Er stammt aus Heinola, ich habe ihn als Reisebegleitung mitgenommen. Wir sind zusammen auf Wanderschaft.«

»Aus welchem Grund sind Sie unterwegs?« fragte die Frau mißtrauisch.

»Es gibt keinen eigentlichen Grund, ich ziehe bloß mit dem Hasen ein bißchen durch die Gegend, zum Zeitvertreib ... Wie gesagt, ich bin aus dem Bus gestiegen, und ich werde langsam müde. Könnte ich wohl bei Ihnen übernachten?«

»Ich frage Aarno.«

Die Frau ging ins Haus. Der Hase knabberte vor Hunger an den Gartenpflanzen. Vatanen verbot es ihm, nahm ihn schließlich auf den Arm.

Auf der Treppe erschien ein kleiner Mann in mittleren Jahren mit beginnender Glatze. Er sagte zu Vatanen: »Gehen Sie! Wir nehmen niemanden auf. Verschwinden Sie auf der Stelle.«

Vatanen wurde allmählich böse. Er bat den Mann, wenigstens ein Taxi für ihn zu rufen.

Der wiederholte seine Aufforderung, er schien

Angst zu haben. Vatanen trat auf die Treppe, um die Sache zu erklären, aber der Mann verschwand im Haus und schlug ihm die Tür vor der Nase zu. Merkwürdige Leute, dachte Vatanen.

»Ruf schon an, das ist doch ein Irrer«, hörte er durch das Fenster die Stimme der Frau. Also rufen sie doch wenigstens ein Taxi, dachte Vatanen.

»Ja, hier bei Laurila, kommen Sie sofort, er steht vor der Tür, versucht einzudringen, er ist verrückt. Er hat einen Hasen bei sich.«

Das Telefongespräch war beendet. Vatanen drückte die Klinke der Haustür, sie war verschlossen. Es regnete immer noch. Der Mann rief wütend von drinnen, Vatanen solle ja nicht die Tür einschlagen. »Ich habe eine Waffe«, schrie er.

Vatanen setzte sich in die Gartenschaukel, denn die hatte ein Dach. Die Frau rief aus dem Fenster: »Kommen Sie ja nicht rein!«

Nach einiger Zeit fuhr ein schwarzes Polizeiauto auf den Hof. Zwei uniformierte Beamte stiegen aus. Sie schritten auf Vatanen zu. Auf der Treppe des Hauses erschien das Ehepaar, zeigte auf Vatanen und sagte: »Nehmen Sie ihn mit, das ist er.«

»Also«, sagten die Polizisten, »was wollten Sie denn hier?«

»Ich habe darum gebeten, mir ein Taxi zu rufen, aber man hat Sie gerufen.«

»Und einen Hasen haben Sie auch?«

Vatanen öffnete den Korb, in dem der Hase soeben vor dem Regen Schutz gesucht hatte. Das Tier lugte furchtsam heraus, wirkte ein wenig schuldbewußt. Die Polizisten blickten einander an, nickten. Der eine sagte: »Also los, geben Sie schon den Korb her.«

6. KAPITEL

Der Kommissar

Die Polizisten saßen mit dem Hasen vorn, Vatanen allein im Fond. Das erste Stück fuhren sie schweigend, aber kurz vor dem Kirchdorf sagte der Polizist, der den Korb hielt: »Darf man mal gukken?«

»Klar, aber heben Sie ihn nicht an den Ohren hoch.«

Der Polizist öffnete den Korb und betrachtete den Hasen, der seinen Kopf herausstreckte. Auch der Polizist am Lenkrad spähte in den Korb. Er drosselte das Tempo, um besser zu sehen.

»Ein diesjähriger«, sagte er. »Vielleicht ein Wurf vom Spätwinter.«

»Kaum. Vor ein paar Wochen war er noch ganz winzig. Ist wahrscheinlich im Mai geboren.«

»Ist ein Männchen«, sagte der andere Polizist.

Sie erreichten das Kirchdorf und parkten vor der Polizeistation. Der Hasenkorb wurde geschlossen, Vatanen hineingeführt.

Der Wachhabende saß mit geöffnetem Uniformhemd schläfrig im Büro. Er freute sich sichtlich, daß er Gesellschaft bekam.

Sie boten Vatanen einen Stuhl an. Er holte Zigaretten aus der Tasche, hielt die Schachtel den Polizisten hin. Nach einem Blickwechsel nahmen sie sich jeder eine Zigarette. Das Telefon klingelte, der Wachhabende nahm ab.

»Polizei Nilsiä, Heikkinen. Aha. Ist klar, wird morgen abgeholt. Hier ist alles ruhig, erst ein Fall heute abend.« Er schaute auf Vatanen, als wollte er abschätzen, von welcher Art Fall dieser sein mochte. »Wir wurden angerufen, von Laurila, der Mann wollte angeblich gewaltsam bei ihm eindringen. Sieht sehr ordentlich aus, ist gerade gebracht worden. Auf Wiederhören.«

Er legte auf.

»Die Sozialarbeiterin. Hänninen muß morgen in die Anstalt gebracht werden, von allein will er nicht.«

Der Wachhabende musterte Vatanen prüfend. Er ordnete die Papiere auf dem Schreibtisch und bemühte sich um einen amtlicheren Ton: »Kommen wir zur Sache. Darf ich mal Ihre Papiere sehen?«

Vatanen überreichte ihm seine Brieftasche. Der Wachhabende zog die Ausweise und einen Packen Geldscheine heraus. Auch die beiden anderen Polizisten wollten den Inhalt der Brieftasche sehen. Der

Wachhabende studierte die Papiere und begann dann, laut das Geld zu zählen. Das dauerte eine ganze Weile, die monotone Stimme des Mannes hallte durch den Raum. Es klang wie das Auszählen der Stimmen bei den Präsidentenwahlen.

»Ziemlich viel«, sagte er. »Fünftausendachthundertfünfzig Mark.«

Lange Zeit herrschte Schweigen.

»Ich habe mein Boot verkauft«, erklärte Vatanen schließlich.

»Die Quittung haben Sie nicht zufällig dabei?«

Nein, die besitze er nicht mehr, mußte Vatanen zugeben.

»Ich könnte mir nicht leisten, einen solchen Haufen Scheine mit mir rumzutragen«, sagte einer der beiden Polizisten.

»Ich auch nicht«, sagte der andere finster.

»Sind Sie der Vatanen, der für die Zeitung schreibt?« fragte der Wachhabende.

Vatanen nickte.

»Und was führt Sie in diese Gegend? Haben Sie den Hasen bei sich, weil Sie einen Artikel schreiben wollen?«

Vatanen erklärte, daß er nicht dienstlich unterwegs sei. Er fragte, wo er übernachten könne, denn langsam werde er müde.

»Wir haben hier die Strafanzeige von Doktor

Laurila, er ist der Gemeindearzt von Nilsiä. Laurila hat verlangt, daß wir Sie festnehmen. Mehr weiß ich auch nicht.«

Vatanen sagte, seines Wissens könne kein Laurila einfach so über die Festnahme anderer Leute bestimmen.

»Wir müssen prüfen, woher Sie das viele Geld in der Tasche haben und so. Und was dieser Hase zu bedeuten hat. Der Doktor behauptet, Sie wollten gewaltsam bei ihm eindringen, hätten ihm gedroht und ihn gezwungen, ein Taxi zu rufen. Und Sie hätten auch noch ein Nachtquartier verlangt. Es liegt genug gegen Sie vor, um Sie nicht einfach laufenzulassen, was nicht heißen soll, daß es sich hier um eine große Sache handelt. Sie brauchen mir bloß zu sagen, weshalb Sie hier unterwegs sind.«

Vatanen erzählte, er sei von zu Hause und von seiner Arbeit fortgelaufen, im Grunde befinde er sich auf der Flucht und habe noch gar nicht bedacht, was er anfangen solle. Er wolle sich einfach nur im Land umsehen.

»Ich werd mal bei den Jungs in Kuopio anfragen«, entschied der Wachhabende und wählte eine Nummer. »'n Abend, hier ist Heikkinen aus Nilsiä, wir haben da einen recht seltsamen Mann ... Er hat einen zahmen Hasen bei sich, ist Journalist, wurde telefonisch bei uns wegen Hausfriedensbruch angezeigt, wollte gewaltsam zwecks Übernachtung in ein Haus eindringen ... Ja, und er hat sechstausend Mark im Portemonnaie. Verrückt wirkt er trotzdem nicht, deswegen ruf ich nicht an, aber was soll man mit ihm machen? Er will weg ... Kann ich ihm natürlich ausschreiben ... Tja, er sagt, er hat kein direktes Ziel, will sich bloß mit dem Hasen ein bißchen umschauen. Betrunken ist er nicht, sehr ordentlich. Aha. Bloß, daß es nachher keine Scherereien gibt ... Ach so, müssen wir wohl machen ... Schönen Dank auch. Hier regnet es, schon den ganzen Tag, tschüß.«

»Die Jungs in Kuopio sagen, wir sollen Sie über Nacht in Gewahrsam nehmen, wo Sie doch obdachlos sind und soviel Geld haben, und dann ist da noch die Anzeige. Wären Sie mit dieser Regelung einverstanden?«

»Könnten Sie nicht den Kommissar anrufen? Die in Kuopio haben doch bei Ihnen nichts zu bestimmen.«

»Hätte ich längst gemacht, aber der Kommissar ist Fischen gegangen und kommt erst gegen zehn zurück, wenn überhaupt. Leider habe ich jetzt hier das Sagen. In Kuopio haben sie gemeint, wir sollen Sie auf keinen Fall laufen lassen. Wo sollten Sie auch hin, abends und im Regen?«

»Und wo soll der Hase bleiben?« fragte Vatanen verärgert.

Die Aufmerksamkeit richtete sich wieder auf das Tier, dessen Korb zwecks Geldzählen vom Tisch auf den Fußboden gestellt worden war. Von dort verfolgte der Hase friedlich den Fortgang des Verhörs. Wie sich herausstellte, wurde er nun für die Polizisten zu einem neuen Problem.

»Ach so ... Ja, wohin mit ihm? Wir könnten ihn beschlagnahmen und im Wald aussetzen, dort wird er ja wohl zurechtkommen.«

Vatanen zeigte seine Bescheinigung aus Mikkeli.

»Ich habe die offizielle Genehmigung, dieses Tier halten zu dürfen, es kann nicht beschlagnahmt oder gesetzwidrig im Wald ausgesetzt und mir geraubt werden. Und in die Zelle kann man es nicht sperren, das ist zu ungesund für ein empfindliches Waldtier, es könnte dort eingehen.«

»Ich kann ihn für die eine Nacht mit zu mir nehmen«, schlug einer der beiden Polizisten vor, aber Vatanen hatte auch gegen diese Lösung einen Einwand.

»Nur wenn Sie eine Ausbildung für die Betreuung von wilden Nagetieren und auch einen passenden Raum dafür haben, außerdem braucht er als Nahrung unbedingt die Wiesenkicher und viele andere spezielle Pflanzen, sonst könnte er an Lebensmittelvergiftung sterben. Sie wären mir gegenüber ersatzpflichtig, falls diesem Hasen etwas passiert, und ich kann Ihnen sagen, so ein Tier ist nicht ganz billig.«

Der Hase verfolgte das Gespräch und schien Vatanen beizupflichten.

»Das ist alles viel zu verworren«, rief der Wachhabende. »Ich bin der Meinung, Sie können gehen. Kommen Sie morgen zur Vernehmung, sagen wir um zehn Uhr. Und schaffen Sie den Hasen weg.«

»Sei doch nicht verrückt«, warnten die beiden Polizisten. »Was soll Laurila sagen, wenn er das erfährt? Und was weißt du von diesem Mann, denk an sein vieles Geld! Er hat nicht mal ein Auto, wer weiß, wo er herkommt. Und ob es überhaupt Vatanen ist!«

»Ja ... Also, gehen Sie noch nicht. Ich muß überlegen. Ein Mist, daß der Kommissar fischen gegangen ist. Hat jemand was zu rauchen?«

Vatanen bot eine neue Runde Zigaretten an. Wieder rauchten alle. Lange Zeit sprach niemand ein Wort.

Schließlich sagte einer der beiden Polizisten zu Vatanen: »Verstehen Sie uns nicht falsch. Wir haben nicht das geringste gegen Ihre Person, aber auch die Polizei hat ihre Regeln. Wenn Sie zum Beispiel nicht diesen Hasen hätten, wäre alles viel einfacher. Betrachten wir die Situation mal aus unserer Sicht: Woher sollen wir wissen, ob Sie nicht einen Mord begangen haben, ehe sie aus Helsinki weg sind ... Und dann haben Sie vielleicht den Verstand verloren und treiben sich jetzt unberechtigt hier herum, was ja auch der Fall ist, sind also eine unberechenbare, gefährliche Person.«

»Red kein Blech«, sagte der Wachhabende. »Hier geht es doch nicht um Mord!«

»Aber es könnte, theoretisch! Ich sage ja nicht, daß es so ist, aber es könnte immerhin sein!«

»Da könnte ich genausogut ein Mörder sein«, schnaubte der Wachhabende. Er drückte die Zigarette aus, warf dem Hasen einen wütenden Blick zu und meinte schließlich: »Wenn wir es nun so machen, daß Sie trotzdem hierbleiben? Meinetwegen bloß hier im Wachraum ... Solange, bis ich in zwei, drei Stunden den Kommissar anrufen kann. Und dann regeln wir die Sache. Sie könnten hier auf der Liege schlafen, falls Sie müde sind. Wir können auch Kaffee kochen, alles in Ruhe angehen. Was halten Sie davon?«

Vatanen willigte ein.

Der Korb mit dem Hasen wurde auf die Liege gestellt, die sich hinten im Wachraum befand und den Polizisten wohl nachts zum Ausruhen diente. Vatanen fragte, ob er sich die Arresträume der Polizeistation ansehen dürfe. Der Wachhabende stand bereitwillig auf, um ihm die Zellen vorzuführen. Alle marschierten gemeinsam hinüber, der Wachhabende schloß auf.

»Nicht gerade üppig hier. Hauptsächlich haben wir Betrunkene drin, manchmal kriegen wir jemanden aus Tahkavuori, Journalisten hatten wir auch schon«, erklärte der Wachhabende.

Es gab zwei Zellen Wand an Wand, karge Räume. Die Fenster waren nicht vergittert, sie bestanden aus grauem Milchglas mit einem eingegossenen Drahtnetz. Ein an die Wand geschraubtes Metallbett, eine Toilette ohne Deckel, ebenfalls festgeschraubt. Von der Decke baumelte eine nackte Glühbirne.

»Die schlagen sie meistens in ihrer Wut kaputt und sitzen dann nachts im Dunkeln. Man müßte die Lampe mit einem Stahlrahmen schützen. Wer besonders groß ist, kann nämlich bis hoch springen.«

Die Polizisten kochten Kaffee. Vatanen streckte sich auf der Liege aus. Die Männer, im Glauben, er schliefe schon, unterhielten sich leise über seinen Fall. Vatanen hörte sie über Laurila reden; alles in allem fanden sie die Sache ziemlich merkwürdig und meinten, man müsse sich zumindest vorläufig rücksichtsvoll verhalten. Vatanen schlief ein.

Gegen zehn Uhr abends weckte ihn der Wachhabende. Er berichtete, man habe den Kommissar erreicht, und der sei unterwegs. Vatanen rieb sich die

Augen, blickte in den Korb zu seinen Füßen und fand ihn leer.

»Die Jungs sind mit ihm draußen, wir haben gemerkt, daß er nicht ausreißt. Wir dachten, er hat vielleicht Hunger, und haben ihm diese Wiesenkicher geholt. Er hat gut gefressen.«

Die beiden Polizisten kamen mit dem Hasen herein. Sie setzten ihn auf den Boden, und er übersäte alles um sich herum mit Köteln. Die Polizisten versuchten sie mit den Füßen beiseite zu schieben, und als das nicht viel half, nahmen sie einen Lappen vom Kaffeetisch und wedelten die Kötel in die Ecke.

Ein kleines gelbes Auto fuhr vor. Der Kommissar trat ein. Er bemerkte den Hasen auf dem Fußboden und reichte, nicht weiter erstaunt, Vatanen die Hand: »Savolainen.«

Der Wachhabende erklärte ihm die ganze Sache. Der Kommissar war noch recht jung, anscheinend ein frischgebackener Jurist, der hier in der entlegenen Provinz gelandet war, um sich die ersten Sporen im Beruf zu verdienen. Er hörte mit sachlichem Interesse zu.

»Die von Kuopio haben geraten, ihn einzusperren?«

»Genau, aber wir haben es trotzdem nicht gemacht.«

»Nur gut. Ich kenne doch den Laurila.«

Der Kommissar sah sich Vatanens Papiere an und gab ihm sein Geld zurück. »Ich werde diesen Doktor mal anrufen«, sagte er und griff zum Telefon.

»Hier Kommissar Savolainen, guten Abend. Ich höre, Sie haben gegen eine bestimmte Person Strafanzeige erstattet. Ihre Anzeige ist gegenstandslos. Dies ist das Ergebnis unserer Untersuchungen. Sie haben sich gleich bei uns einzufinden, um die Angelegenheit zu bereinigen. Nein, nicht morgen, ausgeschlossen! Sollten Sie zu einer Klärung nicht imstande sein, kann das böse Folgen für Sie haben. Falls der Betroffene Druck macht, weiß ich noch nicht, was ich unternehmen werde. Jedenfalls kann der Ihretwegen Verhaftete gegen Sie Anzeige wegen böswilliger Verleumdung erstatten. Er mußte sich ziemlich lange unfreiwillig hier aufhalten. Wenn Sie kommen, treffen Sie mich nicht mehr an, aber Sie können Ihre Erklärung dem Wachhabenden abgeben, er wird Sie vernehmen. Wiederhören.«

Der Kommissar grinste. Zum Wachhabenden sagte er: »Verhör den Laurila und frag ihn dies und jenes, so daß er nach Antworten suchen muß. Frag ihn, was du willst, du kannst auch seine Fingerabdrücke nehmen. Zum Schluß sagst du ihm, daß er gehen kann. Sag ihm, der Staatsanwalt, ich meine natürlich mich, wird keine Anklage erheben, wenn der Betroffene es nicht für begründet hält. Du wirst das schon machen! Gut, und Sie, Vatanen, wo übernachten Sie? Ich will wieder zum See raus, bis morgen früh, habe Netze ausgeworfen. Wie wäre es, wenn Sie und Ihr Hase mit mir kämen? Ich habe da draußen ein Häuschen, eine Art Fischerhütte, da wäre der Hase in der Natur, und Sie könnten in Ruhe schlafen.«

Die Polizisten begleiteten Vatanen, den Kommissar und den Hasen auf den Hof. Der Wachhabende sagte zum Kommissar: »Ich hab sofort gesehen, daß er ein ordentlicher Mann ist, der Vatanen.«

7. KAPITEL

Der Präsident

Der Kommissar besaß am Waldsee eine kleine Fischerhütte, die am morastigen Ufer aus alten Stämmen errichtet war. Ein Steg führte zum Wasser, das nur wenige Meter entfernt war.

»Da draußen habe ich einen Angelfreund, ein recht eigenwilliger Mann, sehr bemerkenswert. Er heißt Hannikainen und ist der pensionierte Kommissar von Kiuruvesi.«

Als sie die Hütte betraten, saß Hannikainen mit dem Rücken zur Tür, er grillte Fische. Er schob den Grill zur Seite und begrüßte die Ankömmlinge mit Handschlag. Dann reichte er ihnen heißen Fisch auf kleinen Stückchen Pergamentpapier. Vatanen war sehr hungrig. Der Hase bekam frisches Gras und Wasser.

Die beiden Männer gingen nach draußen, Vatanen ließ sich auf die Liege sinken. Im Halbschlaf spürte er, daß der Hase ans Fußende hüpfte, sich eine angenehme Lage suchte und für die Nacht einrichtete.

Gegen Morgen hörte Vatanen im Halbschlaf, wie die beiden Männer vom See zurückkehrten. Sie sprachen leise vor der Hütte und kamen dann zum Schlafen herein. Der Kommissar legte sich auf die Saunabretter, Hannikainen auf die Pritsche in der Stube. Der Hase hob den Kopf, schlief aber gleich wieder ein.

Um acht Uhr wachte Vatanen erfrischt auf. Hannikainens Pritsche war leer. Die beiden Angler waren offenbar gerade aufgestanden, sie machten nämlich draußen Feuer. Der Wasserkessel wurde über das Feuer gehängt, Hannikainen nahm Butterbrezeln aus einer Plastiktüte. Vom See her tönten die Schreie der Stelzvögel. Morgennebel lag über dem Wasser, aber es würde ein klarer Tag werden.

Der Kommissar fuhr nach dem Kaffeetrinken ins Kirchdorf, um sich seinen Pflichten zu widmen. Das Geräusch des Autos auf dem Waldweg wurde schwächer und erstarb schließlich.

Hannikainen holte Speck aus der Hütte, schnitt ihn in Streifen, legte sie in die Pfanne und briet die Stücke aus, daß das Fett spritzte. Dann gab er eine Pfundbüchse Rind- und Schweinefleisch dazu. Das Gericht war bald fertig. Hannikainen schnitt lange Scheiben von einem großen Roggenbrot ab, belegte sie mit dem heißen Fleisch und reichte Vatanen eine Scheibe. Es schmeckte köstlich. In Helsinki hatte

Vatanen Mühe gehabt zu frühstücken, aber hier draußen schmeckte ihm das Essen.

Hannikainen gab ihm das Angelgerät des Kommissars und dazu Gummistiefel und Pullover. Seine eigenen Halbschuhe und sein Jackett ließ Vatanen an einem Haken in der Hütte zurück, wo die Sachen wahrscheinlich heute noch hängen.

Die beiden blieben den ganzen Tag bei der Hütte, angelten, kochten Fischsuppe, lagen in der Sonne und blickten auf das Schilf am See. Am Nachmittag zog Hannikainen eine Flasche Wodka aus dem Rucksack, schraubte den Verschluß auf und goß jedem einen Schluck ein.

Er war schon recht betagt, an die Siebzig, grauhaarig, hochgewachsen und gesprächig. Im Laufe des Tages lernten sich die Männer näher kennen. Vatanen erzählte von den Stationen und der Bewandtnis seines Herumreisens. Hannikainen war verwitwet und lebte allein, verbrachte den Sommer jedoch stets mit dem jungen Kommissar beim Fischfang. Er war bestens über die Ereignisse in der Welt informiert und machte sich auch gern Gedanken darüber.

Vatanen fragte sich, was an Hannikainen so Besonderes sein mochte, daß ihn der junge Kommissar am Abend extra erwähnt hatte; bisher war ihm an den Lebensgewohnheiten des alten Mannes nichts

Ungewöhnliches aufgefallen, es sei denn, man betrachtete friedliches Fischen im Sommer als Besonderheit.

Die Lösung des Rätsels ließ nicht lange auf sich warten.

Nach dem zweiten Becher Wodka lenkte Hannikainen das Gespräch in ernste Bahnen und sprach über den Staat und die Gewalt. Er redete von der Verantwortung der Regierenden, ihrer Macht und ihren Praktiken, und er gestand, daß er nach seiner Pensionierung angefangen habe, diese Dinge näher zu untersuchen. Obwohl er sein Leben als Polizeikommissar eines Kirchdorfes in der Provinz verbracht hatte, kannte er sich in den Grundgesetzen der westlichen Länder, den Feinheiten des Parlamentarismus, der Rechtsprechung in den sozialistischen Staaten erstaunlich gut aus. Vatanen lauschte andächtig und interessiert, während Hannikainen die Probleme darlegte, mit denen sich auch die finnischen Verfassungsschützer recht häufig herumschlagen mußten.

Hannikainen kritisierte, daß der finnische Präsident laut Verfassung viel zu viele Staatsangelegenheiten allein entscheiden dürfe. Als Vatanen fragte, ob er denn nicht meine, daß Präsident Kekkonen die ihm übertragene Macht in geradezu beispielhafter Weise ausgeübt habe, antwortete Hannikainen: »Ich arbeite seit vielen Jahren an einer Art wissenschaftlicher Untersuchung über Präsident Kekkonen, und das Ergebnis erschreckt mich selbst. Ich meine, ich bin nicht erschrocken über seinen Regierungsstil, den bewundere ich eher, aber trotzdem ... Ich sammle lediglich Informationen, vergleiche, sichte, ziehe Schlußfolgerungen. Das Ergebnis ist niederschmetternd.«

»Was hast du herausgefunden?«

»Ich halte das alles streng geheim, nur Savolainen weiß Bescheid, außerdem ein Zimmermann in Puumala. Keiner von beiden würde meine Untersuchungsergebnisse verraten. Wenn die an die Öffentlichkeit kämen, würde ich Scherereien kriegen, sogar juristische Schwierigkeiten, oder zumindest würde ich ausgelacht.« Hannikainen starrte Vatanen an. Sein Blick war eisig.

»Ich bin ein betagter Mann und vielleicht ein bißchen senil, aber ich bin noch nicht völlig verwirrt. Wenn du wissen willst, was ich herausgefunden habe, dann mußt du mir erst versprechen, daß du diese Informationen weder gegen mich noch gegen sonst jemanden verwendest.«

Vatanen versprach es hoch und heilig.

»Es handelt sich um eine so wichtige Sache, daß ich dich nur bitten kann, in Ehren zu halten, was ich dir jetzt erzählen werde. Du darfst mich niemals verraten.«

Es war Hannikainen anzumerken, daß er darauf brannte, sein Geheimnis mitzuteilen. Er schraubte die Wodkaflasche zu, steckte sie ins Moos und ging energischen Schrittes zur Hütte. Vatanen folgte ihm.

An der Wand zwischen Fenster und Tisch stand ein alter großer brauner Koffer, den Vatanen schon am Vorabend gesehen, aber nicht weiter beachtet hatte. Hannikainen hob den Koffer auf die Liege, öffnete die Schlösser und klappte den Deckel hoch. Wie sich zeigte, war der Koffer vollgestopft mit einer Riesenmenge Akten und Fotos.

»Ich habe das Archiv noch nicht endgültig geordnet ... Die Untersuchung ist noch nicht abgeschlossen, aber das Wichtigste befindet sich hier. Das Material vermittelt einen ziemlich guten Überblick über die Sachlage.«

Hannikainen holte aus dem Koffer maschinegeschriebene Papiere, dicke Mappen und ein paar Bücher heraus, dazu Fotos, die allesamt Präsident Urho Kekkonen in verschiedenen Situationen zeigten. Auch die Bücher handelten von ihm: Es befanden sich Ausgaben von seinen Reden, Skyttäs Kekkonen-Bücher sowie mehrere andere darunter, die sich mit ihm beschäftigten, sogar eins mit Kekkonen-Witzen war dabei. Zwischen den Papieren lagen zahlreiche graphische Darstellungen, und Vatanen sah, daß auch sie mit Kekkonen zu tun hatten.

Hannikainen zog ein paar Zeichnungen heraus, es waren sorgfältig auf Millimeterpapier übertragene Längsschnitte menschlicher Schädel.

»Sieh dir mal die an«, sagte er und hielt im fahlen Licht des Fensters zwei Schädelbilder aneinander. »Merkst du den Unterschied?«

Auf den ersten Blick wirkten die Bilder völlig gleich, doch beim ganz genauen Hinsehen unterschieden sie sich ein klein wenig voneinander.

»Das linke Bild zeigt Urho Kekkonens Schädel im Jahre 1945, also gleich nach dem Krieg. Und hier ist das zweite, es zeigt seinen Schädel im Jahre 1972. Ich habe diese Zeichnungen auf der Grundlage von Vergleichen angefertigt, und zwar habe ich von gewöhnlichen Fotos die Schädeldecke auf eine Leinwand projiziert, in verschiedenen Stellungen natürlich, und dann die Konturen des Schädels aufs Papier gezeichnet. Bei Kekkonen kann man eine solche Methode anwenden, weil er eine Glatze hat. Diese Arbeit ist außerordentlich langwierig und erfordert unerhörte Genauigkeit, aber ich bin zu sehr guten Ergebnissen gekommen, wie ich finde. Ich möchte sagen, meine kraniometrischen Ergebnisse gehören zu den genauesten, die überhaupt möglich sind, bessere erreicht man vielleicht nur noch im pathologischen Institut, dort kann man ja die Schädel selbst vermessen.«

Hannikainen zog ein neues Schädelbild hervor.

»Hier ist Kekkonens Schädel aus der Zeit, als er seine dritte Regierung bildete. Du siehst, er gleicht haargenau jenem aus dem Jahre 1945.

Und dies ist sein Schädel von 1964, wieder genauso. Aber jetzt, sieh mal hier, der Schädel von 1969! Der ist doch ganz anders! Vergleich den mal mit dem aus dem Jahr 1972, dann findest du wieder Gemeinsamkeiten.«

Hannikainen präsentierte seine Zeichnungen voller Erregung, mit brennenden Augen und triumphierendem Lächeln. Vatanen betrachtete die Bilder, und er mußte zugeben, daß sie Hannikainens Beschreibung genau entsprachen: Es gab Unterschiede zwischen den Schädeln älteren und neueren Datums.

»Die Veränderung trat irgendwann 1968 ein, vielleicht gegen Ende jenes Jahres, spätestens jedoch Anfang 1969. Ich habe den Zeitpunkt noch nicht genau ermitteln können, aber ich setze meine Untersuchungen fort, und ich bin sicher, daß ich in ein, zwei Monaten Genaues weiß. Auf jeden Fall kann ich bereits heute überzeugend nachweisen, daß eine Veränderung erfolgt ist, eine ganz erhebliche.«

Hannikainen machte eine Pause. Dann sagte er mit Nachdruck: »Ich erkläre kategorisch, daß diese Schädelbilder nicht von derselben Person stammen können. Sie weichen so sehr voneinander ab, daß der Unterschied nicht zu leugnen ist: Diese älteren Schädel, also vom jungen Kekkonen, sind zum Beispiel hier am Scheitel spitzer, und auf den neueren Bildern ist die Schädelform flacher, also der Scheitel ist deutlich runder. Und sieh dir mal die Kinnlade an: Auf den alten Bildern hat Kekkonen ein fliehendes Kinn, auf diesen neuen ein um mehrere Millimeter vorspringendes, und zugleich sitzen die Wangenknochen tiefer. Auf dieser Profilaufnahme sieht man es am besten. Am Hinterkopf gibt es ebenfalls Abweichungen, wenn auch weniger große. Auf diesem Bild des älteren Mannes ist der Hinterkopf stärker eingedrückt als auf dem neuen, siehst du! Wenn der Mensch älter wird, wölbt sich der Hinterkopf aber nicht nach außen, sondern er flacht ab, glaub mir.«

»Du bist also der Meinung, daß Kekkonens Kopf irgendwann um 1968 seine Form verändert hat?«

»Mehr als das! Ich bin überzeugt, daß der *alte Kekkonen* um 1968 entweder gestorben ist oder ermordet wurde – oder sich aus irgendeinem anderen Grunde aus dem öffentlichen Leben zurückgezogen hat – und daß an seine Stelle ein neuer Mann getreten ist mit nahezu vollkommener Ähnlichkeit, bis hin zur Stimme.«

»Vielleicht wurde durch Krankheit oder Unfall der Schädel verformt.«

»Diese Schädelveränderungen sind von einem Ausmaß, daß die Genesung Monate in Anspruch genommen hätte, wenn die Ursache dafür eine Krankheit oder ein Unfall gewesen wäre. Nach meinen Untersuchungen hat Präsident Kekkonen es jedoch in seinem ganzen Leben nicht fertiggebracht, länger als zwei Wochen hintereinander der Öffentlichkeit fernzubleiben. Und außerdem habe ich auf keinem seiner Fotos eine Narbe am Kopf entdecken können, Warzen schon, aber es gibt keinen Hinweis auf eine im Jahre 1968 erfolgte Operation.«

Hannikainen packte die Schädelbilder wieder in den Koffer und breitete eine große Tabelle aus, eine Kurve mit Zahlenangaben lief quer über das Blatt.

»Hier ist die Kurve von Kekkonens Längenwachstum. Die ersten Angaben stammen aus seiner Kindheit. Die aus den Jünglingsjahren sind nicht ganz sicher, aber völlig hieb- und stichfest sind sie dann wieder aus der Zeit, als er Unteroffizier wurde. Hier ist auch eine Fotokopie von seinem Wehrpaß. Sieh mal: Kekkonen ist seit seiner Soldatenzeit 179 Zentimeter groß gewesen, hier dieselbe Größe, als Paasikivi begraben wurde. Und dann hier! Wir kommen zum Jahr 1968, und die Kurve steigt auf einmal um zwei Zentimeter. Kekkonen mißt plötzlich 1,81 Meter. Von da ab bleibt die Kurve unverändert bis heute ins Jahr 1975. Auf seine alten Tage ein plötzliches Längenwachstum. Überraschend, nicht wahr?«

Hannikainen schob die Tabelle mit der Körpergröße des Präsidenten beiseite. Er suchte eifrig nach einer weiteren Tabelle, in der sorgfältig Kekkonens Gewichtskurve eingezeichnet war.

»Nun ja, diese Angaben sind nicht ganz so beweiskräftig wie die vorigen, aber so etwas wie Indizien sind sie auch. Kekkonens Gewicht hat nur wenig geschwankt, nachdem er die Lebensmitte erreicht hatte. Es gab da eine Art Jahreszyklus: Im Herbst wog er immer am meisten, manchmal sogar 4,5 Kilo mehr als im Frühjahr. Im Frühsommer war er ausnahmslos am leichtesten, im Herbst nahm er wieder zu und kam auf sein altes Gewicht. Ich habe diese Angaben vom Institut für Arbeitsmedizin in Helsinki, sie sind also präzise. Aber um die Jahresgewichte miteinander zu vergleichen und einen Überblick über die Jahrzehnte zu bekommen, habe ich Kekkonens jährliches Durchschnittsgewicht errechnen müssen, und dabei entstand diese Kurve. Jetzt siehst du, daß Kekkonen in den Jahren 1956 bis 1968 im Durchschnitt 79 Kilo gewogen hat, und nach 1968 dann 84 Kilo. Das Mehrgewicht von fünf Kilo hält sich seit 1968 stabil bis zum heutigen Tag, wenn wir die jahreszeitlichen Schwankungen außer acht lassen, die ich dir vorhin erläutert habe. Alles in allem zeigt die Kurve nur während der beiden ersten Präsidentenjahre eine Abweichung, eine Gewichtsabnahme um ein paar Kilo. Das drückt zwar den jährlichen Mittelwert nach unten, ist aber trotzdem natürlich und beeinflußt die Kurve im großen und ganzen überhaupt nicht.«

Hannikainen legte noch mehr Beweismaterial vor. »Ich habe ein Verzeichnis von Urho Kekkonens Wortschatz angefertigt. Auch da gibt es eine auffällige Veränderung. Vor 1968 war Kekkonens Wortschatz wesentlich kleiner als danach. Meine Berechnungen haben ergeben, daß sein aktiver Wortschatz um 1 200 Wörter gestiegen ist. Das kann natürlich auch daher kommen, daß nach 1968 der *neue Kekkonen,* wie ich ihn nenne, neue Redenschreiber hatte, aber trotzdem kann eine derart große Wortschatzerweiterung vieles beweisen. Weiter habe ich festgestellt, daß sich Kekkonens Meinung nach 1968 in vielen Dingen änderte. 1969 waren seine Stellungnahmen so progressiv, als wäre er mindestens zehn Jahre jünger geworden. Auch seine Logik verbesserte sich erheblich – ich habe seine Auftritte sehr genau analysiert –, und diese offensichtliche Wendung zum Besseren trat ebenfalls im Laufe des Jahres 1968 ein. Außerdem wurde er 1969 irgendwie jungenhafter und tat in der Öffentlichkeit vieles, was früher undenkbar gewesen wäre. Sein Sinn für Humor entwickelte sich deutlich, und er behandelte sein Volk toleranter.«

Hannikainen schloß den Koffer. Er hatte sich wieder beruhigt. Sein Eifer war verflogen, er schien vollkommen zufrieden.

Die Männer gingen hinaus, vom See rief ein Brachvogel. Lange Zeit schwiegen sie. Schließlich sagte Hannikainen: »Bestimmt verstehst du jetzt, daß man diese Untersuchungsergebnisse besser nicht an die Öffentlichkeit bringt.«

8. KAPITEL

Der Waldbrand

Dem Hasen gefiel das Leben am See. Er begleitete Hannikainen und Vatanen auf ihren Ausflügen, sprang auch tapfer in den Kahn, obwohl deutlich zu sehen war, daß er Angst vor dem Wasser hatte. Er wuchs, wurde schwerer und kräftiger.

Hannikainen hielt lange Vorträge über Präsident Kekkonen. Der Hase betrachtete die Männer mit schräg geneigtem Kopf vom Boden des Kahns, seine Kötel rollten zwischen die Fische. So vergingen die Tage, und niemand verspürte den Wunsch, woanders zu sein.

Eines Morgens gegen Ende Juli wurde der Hase unruhig. Er strich den Männern um die Beine, und am Nachmittag versteckte er sich in der Hütte unter der Liege.

Was mag nur mit ihm los sein? fragten sich die Männer.

Am selben Abend nahmen sie einen starken Brandgeruch wahr. Als sich bei Einbruch der Nacht die Seeoberfläche glättete, konnten sie sehen, daß sich über den Sumpf ein blauer Rauchschleier legte.

»Irgendwo ist ein großer Waldbrand«, sagte Vatanen.

Am nächsten Morgen war der Rauch noch stärker und biß ihnen in die Augen. Auf dem See war es windig, aber der Rauch wurde trotzdem immer dikker. Er lag über der Landschaft wie dichter Dunst über dem Meer.

Am Morgen des dritten Tages kam Savolainen über den Steg zur Hütte gelaufen. »Am Vehmassee ist ein großes Feuer. Vatanen, du mußt zu den Löschtrupps. Nimm Hannikainens Rucksack, pack dir Proviant ein. Ich fahre die Dörfer ab, wir starten sofort. Über tausend Hektar Wald sind schon verloren.«

»Muß ich auch mit?« wollte Hannikainen wissen.

»Nein, du bleibst mit dem Hasen hier. Männer über vierundfünfzig müssen nicht hin.«

Vatanen stopfte Fisch, Speck, Salz und ein Pfund Butter in den Rucksack und brach auf. Der Hase wurde in die Hütte gesperrt, damit er Vatanen nicht folgte.

Vom Kirchdorf Nilsiä wurde Vatanen nach Rautavaara gebracht, wo schon Hunderte anderer Männer waren, ein Teil kam von der Brandstelle, der andere war dorthin unterwegs. Flugzeuge transportierten Nachschub ins Brandgebiet, die Luft war erfüllt von ständigem Dröhnen. Die rußbedeckten, müden Männer, die vom Löschen kamen, redeten nicht viel, sondern gingen sofort in die Zelte und legten sich schlafen.

Der alte Apotheker von Rautavaara hatte bei den Wohnzelten eine Art Sanitätsstation errichtet, wo er mit Hilfe seiner Tochter die wunden Füße der Männer mit Borwasser spülte und verband. Das Fernsehen war da und interviewte den Bürgermeister von Rautavaara. Eine Reporterin der *Savon Sanomat* fotografierte, auch Vatanen kam in die Zeitung. Jedermann konnte sich aus der Gulaschkanone bedienen.

Männer mit Orientierungssinn wurden gesucht. Vatanen meldete sich und sagte, er könne sich mit einem Eimer über dem Kopf in jeder Einöde zurechtfinden.

Mit anderen zusammen wurde er in einen schweren Armeehubschrauber verfrachtet.

Vor dem Start erklärte ein Offizier den Männern, was sie zu tun hatten: »Hier ist für jeden eine fotokopierte Landkarte von dieser Gegend. Man sieht darauf, wie weit das Feuer vorgedrungen ist. Letzte Nacht ist es dort zum Stehen gekommen, aber nur zeitweise. Jetzt breitet es sich mit höllischer Geschwindigkeit als Wipfelfeuer nach Nordosten aus. Als nächstes wird dort, elf Kilometer weiter, eine neue Schneise geschlagen, nachts läßt man über zweitausend Hektar abbrennen. Das heißt, die Hälfte davon ist schon weg. Dies ist, von Tuntsa abgesehen, der größte Brand in der finnischen Geschichte. So, Sie werden hier an diesem Punkt abgesetzt, in Brandrichtung. Sie bilden eine Kette, stellen sich jeweils im Abstand von hundert Metern auf, gehen mindestens zehn Kilometer nach Nordosten und schreien so verdammt laut, wie Sie können, damit das Wild vor dem Feuer flieht. In dieser Gegend stehen zwei Häuser, Sie bringen die Bewohner ans Seeufer, und auch alle anderen Leute müssen raus aus dem Gebiet. Außerdem gibt es, laut unseren Informationen, Vieh da draußen, ein Teil ist schon bis nach Nilsiä gerannt. Pferde und an die fünfzig Rinder sind noch da, die müssen zum See getrieben werden. Der See ist auf der Karte eingezeichnet.«

Sie flogen über das Brandgebiet. Die glühende Hitze schien bis in die Maschine zu dringen. Die Rauchentwicklung war so stark, daß die Männer nur mit Mühe etwas vom Wald erkennen konnten. Die Maschine schwankte in den heißen Luftströmen, und Vatanen fürchtete, der Hubschrauber könnte seine Rotoren verlieren und in die lodernden Flammen stürzen.

Nachdem sie das Gebiet überquert hatten, setzte der Hubschrauber dröhnend und wie eine riesige

Libelle zur Landung an, aus den Auspuffrohren entwich blauer Rauch in die heiße Luft. Je tiefer die Militärmaschine sank, desto heftiger schwankten die Baumwipfel. Schließlich wurden die losen Tannenzapfen von der Erde hochgewirbelt, die Maschine berührte den Boden, und das Dröhnen der Rotoren verebbte.

Die Männer sprangen heraus und rannten gebückt und vom Luftstrom getrieben aus der Reichweite der Rotoren. Die Tür wurde hinter ihnen zugeschlagen, die Rotoren begannen wieder zu dröhnen, und die Maschine verschwand in der raucherfüllten Luft. Die Männer standen da und rieben sich die tränenden Augen.

Vatanen wählte einen mittleren Platz in der Kette. Die Männer verteilten sich im Wald, ihre Rufe hallten durch die rauchige Einöde. Wie der Mensch doch vom Leben hin und her geworfen wird! dachte Vatanen. Noch vor einem Monat hatte er verdrossen in seiner Eckkneipe vor einem Humpen schalen Biers gehockt, und jetzt stapfte er hier im dicksten Qualm durch die Wildnis, schweißtriefend, den Rucksack voller nasser Fische.

»Tausendmal lieber hier als in Helsinki«, sprach er lächelnd und mit tränenden Augen vor sich hin.

Er kam an eine sumpfige Stelle. Dort sprang orientierungslos ein großer Feldhase herum. Vatanen scheuchte ihn aus der Brandrichtung fort in den Wald, das Tier verschwand aus seinem Blickfeld. Hinter dem Sumpf, in einem dichten Fichtengehölz brüllte eine verstörte Kuh. Sie hatte vor lauter Aufregung Durchfall bekommen, war bis zu den Flanken mit Scheiße bespritzt, ihr Schwanz war eine schwarze, stinkende Peitsche. Sie starrte Vatanen entsetzt mit geweiteten, wäßrigen Augen an, und irres, keuchendes Gebrüll brach aus ihrem weit aufgerissenen Schlund. Vatanen packte sie bei den Hörnern, drehte mit aller Kraft ihren Kopf in Richtung Nordosten und gab ihr Tritte ins Hinterteil. Schließlich begriff sie, wohin sie gehen mußte. Die Glocke am Hals der Unglücklichen bimmelte wie der Feuermelder eines Klosters, aus ihrem Hintern spritzte Kot. Als sie verschwunden war, wischte sich Vatanen die Tränen aus den Augen.

Der Wald wimmelte von allerlei Getier, Eichhörnchen und Hasen sprangen umher, Laufvögel flatterten auf und ließen sich wieder nieder, Auerhähne mußten gescheucht werden wie Hühner, damit sie begriffen, in welche Richtung sie fliegen sollten. Vatanen gelangte an einen Wasserlauf, einen vier Meter breiten klaren Bach. Rauch hing über seinen üppig grünen Ufern, der Anblick war märchenhaft schön.

Vatanen zog die verschwitzte Kleidung aus und

glitt in das kühle Naß, spülte seine vom Rauch entzündeten Augen, prustete in dem klaren Wasser. Da er so lange durch den Qualm gestapft war, erschien ihm das Bad geradezu paradiesisch. Er schwamm gegen die Strömung, die Oberfläche kräuselte sich leicht. Das Wasser floß ihm langsam entgegen, ein Gefühl vollkommenen Glücks überkam den Schwimmer.

Plötzlich sah Vatanen im dichten Ufergras eine Männerhand, braun und behaart. Sie gehörte zu einem Arm, dessen Ellenbogen im Wasser hing.

Vatanen erstarrte: Es sah aus wie der Arm eines Toten. Vatanen schwamm auf die Hand zu und ergriff sie. Arm und Hand gehörten zu einem großen Mann, der im Ufergestrüpp mit offenem Mund bäuchlings auf der Erde lag. Vatanen stieg aus dem Wasser und beugte sich über ihn. Er fühlte ihm den Puls, der schlug normal. Vatanen bückte sich tiefer, um festzustellen, ob der Mann atmete.

Übler Schnapsgeruch schlug ihm entgegen. Vatanen schüttelte den Schläfer, bis er langsam erwachte.

Der Mann drehte sich auf den Rücken, starrte Vatanen einen Augenblick nachdenklich an und streckte dann die Hand aus. »Ich heiße Salosensaari, und wer bist du?«

»Vatanen.«

Nachdem sich die Männer die Hand geschüttelt

hatten, half Vatanen dem Liegenden, sich aufzurichten.

»Hör zu, du siehst vor dir einen Mann, der ganz verdammtes Pech hat.« Salosensaari erklärte, was er damit meinte. Er hatte Urlaub genommen, um ein paar Wochen zu fischen und Schnaps zu brennen, an einem Ort, an dem er garantiert seine Ruhe hätte. So war er mit Sack und Pack in die Wildnis gezogen und hatte eine kleine Schnapsfabrik aufgebaut. Als er die ersten zehn Liter fertig hatte, war der Waldbrand ausgebrochen und hatte seine Fabrik verbrannt. Er selbst hatte mit einem Zehnliterfaß Schnaps auf der Schulter vor dem Feuer fliehen müssen, und hier saß er nun. Rucksack und Proviant waren verbrannt, alles war hin, die Angelgeräte, wirklich alles. Nur den Schnaps hatte er gerettet. Jetzt hielt er sich schon den zweiten Tag am Bachufer auf und trank seine Reserven. Es waren noch etliche Liter übrig.

»Kannst du dir so ein Pech vorstellen?« fragte er betrübt.

Vatanen entfachte am Ufer ein Lagerfeuer, briet den Fisch, und beide Männer aßen. Salosensaari ging zwischendurch baden. Nach der Mahlzeit bot er Vatanen Schnaps an.

Der sagte nicht nein. Herrlich! Es brannte im Magen, Vatanen trank einen zweiten Becher.

»Vom Schnapsbrennen verstehst du was, Salosensaari.«

Die Männer becherten den ganzen Nachmittag. Ab und zu brieten sie Fisch und badeten. Je mehr sie tranken, desto weniger kümmerte sie der Waldbrand.

Gegen Abend waren beide so betrunken, daß sie kaum noch aus dem Wasser herauskamen, in dem sie sich immer öfter abkühlten. Der Bach war tief und reichte ihnen an manchen Stellen bis zum Hals.

»Wir müssen aufpassen, daß wir nicht ertrinken«, sagte Salosensaari immer wieder.

In der Nacht erreichte das Feuer den Bach.

Es sah aus wie im Märchen: lodernde Bäume auf beiden Seiten des Baches, wie große, rote, flatternde Blumen. Sie erhellten die Nacht. Die Hitze war so unerträglich, daß die Männer im Wasser bleiben mußten, so waren nur ihre Köpfe der Glut ausgesetzt. Die Schnapsbecher hatten sie bei sich, prosteten sich zu und verfolgten erregt das wilde, zerstörerische Naturschauspiel.

Der Wald ringsum brauste, das Feuer knackte in den Bäumen, brennende Zweige fielen zischend in den Bach, die rotglühenden Gesichter der Männer spiegelten sich im Wasser, sie lachten und tranken aus ihren Bechern.

»Kaiser Nero und Brutus beobachten den Brand von Rom«, meinte Salosensaari.

Als das Feuer in den frühen Morgenstunden vorbei war, stiegen die Männer müde aus dem Bach und schliefen auf dem verkohlten Ufer sofort ein.

Sie erwachten erst um die Mittagszeit. Sie schüttelten sich zum Abschied die Hand, dann ging jeder seiner Wege. Salosensaari nahm Kurs auf Rautavaara, und Vatanen strebte dem See zu, an dem sich die Evakuierten sammeln sollten. Das Profil seiner Gummistiefelsohlen schmolz auf dem aschebedeckten Boden.

Der Brand war ein paar Kilometer weiter zum Stehen gebracht worden. Vatanen überquerte den Feuersaum und gelangte in einen grünen Wald. Bald war er am See, wo sich Zivilpersonen und Vieh versammelt hatten. Sicher hatten die Häuser dieser Leute gebrannt. Am Ufer tobten Kinder, Rinder brüllten angstvoll auf der Wiese. Die Männer, die gelöscht hatten, lagen ausgestreckt auf der Uferböschung und sahen aus wie rußige Balken.

Vatanen gab die restlichen Fische aus seinem Rucksack den Frauen, die daraus in einem großen Kessel über offenem Feuer eine Suppe kochten. Gerade als er einschlief, donnerte eine schwere Planierraupe heran. Sie kam aus der Richtung des Brandes und walzte den Wald nieder, und selbst die großen

Föhren knickten um wie Weidenröschen unter den Füßen eines Betrunkenen. An der Maschine war ein großer Transportanhänger befestigt, darauf saßen Männer mit Motorsägen und Rucksäcken.

Der Bulldozer drang donnernd ins Ufergelände vor, die Kleinkinder wurden aus dem Schlaf gerissen und weinten, die Kühe auf der Weide erschraken, erhoben sich und muhten. Die Frauen beschimpften den Fahrer, der so plötzlich den schläfrigen Frieden am Seeufer gestört hatte.

Der Mann hörte nicht, was die Frauen ihm zuriefen, er schaltete den Motor aus und starrte sie verblüfft an. Es fiel ihm offenbar schwer, sich nach dem Dröhnen auf menschliche Stimmen einzustellen.

»Du Trampel, fährst mitten zwischen Leute und das Vieh, hast du deinen Grips nicht beisammen? Die Kinder wachen auf, und die Kühe gehen durch!« zeterten die Frauen.

Der Fahrer rieb sich mit seiner rußigen Hand das schwarze Gesicht und sagte langsam: »Maul halten, Weiber!«

»Was fällt dir ein, du bist wohl verrückt!« schrien die Frauen wütend.

Der Fahrer trat vor sie hin: »Ich habe drei Tage und drei Nächte nicht geschlafen und in einem Ritt dieses gottverdammte Ding gefahren, also Maul halten jetzt!«

Man sah es ihm an. Er war am Ende. Der rinnende Schweiß hatte Furchen in sein rußbedecktes Gesicht gezogen, seine Züge schienen mit Kohlepapier kopiert worden zu sein. Der Mann wankte zum See, wusch sich das Gesicht, schöpfte mit seiner Pranke Wasser, spülte den Mund, gurgelte hörbar und spuckte das Wasser aus. Er kam mit nassem Gesicht zurück, denn er wollte es nicht mit dem rußigen Ärmel abwischen. Im Kessel über dem Feuer brodelte die Fischsuppe, er guckte hinein, holte einen Teller aus seinem Rucksack und bediente sich.

Die Frauen schrien: »Halt! Wirst du wohl die Finger von unserer Fischsuppe lassen!«

Er hatte sich eine Kelle voll aufgetan, jetzt warf er Teller und Suppe in den Kessel, daß es klatschte, die Kelle schleuderte er so weit in den Wald, daß man sie nicht aufschlagen hörte. Er ging langsam zu seiner Planierraupe und schwang sich energisch auf den Fahrersitz, setzte seinen schweren Stiefel aufs Gaspedal, der Motor begann zu dröhnen, und aus dem Auspuffrohr sprühten Funken in den Sommerabend. Das Ungetüm setzte sich rumpelnd in Bewegung, die breiten Raupenketten gruben sich durch den festgetretenen Boden.

Der Fahrer lenkte seine große Maschine aufs Lagerfeuer zu, über dem der Suppenkessel dampfte, und drückte kurz davor den Planierschild tief in den

Boden. Ein meterdickes Stück Erde schob sich hoch, Feuer und Suppenkessel stürzten um. Dampf stieg von der Fischsuppe auf, ehe Kochgerät und Mahlzeit in der Erde verschwanden. Zurück blieb ein metertiefer Kanal, der zum See führte. Dreierlei Gerüche hingen in der Luft: frische Erde, verbranntes Naphtalin und Fischsuppe.

Der Mann hielt auch nach diesem Zerstörungswerk nicht inne, sondern brachte die Maschine auf volle Touren. Das Fahrzeug rodete sich seinen Weg durch das Ufergelände, der Boden bebte, die Raupenketten rasselten, es fuhr geradewegs in den See. Die Uferbüsche schwankten, als sich die Planierraupe hindurchschob, die glatte Wasseroberfläche spaltete sich, vor dem Planierschild erhob sich eine große schäumende Welle und bewegte sich auf den See hinaus. Es war, als stürzte sich ein stählernes Flußpferd wütend in die Wellen.

Der See wurde zur Mitte hin tiefer. Das Wasser bedeckte zuerst den Schild, dann die Raupenketten, es schäumte um die Walzen, aus dem Rasseln wurde Blubbern. Die Planierraupe schob die Welle immer weiter. Bald reichte das Wasser bis an den glühendheißen Motor, man hörte es rauschen und brodeln, und eine dicke Dampfwolke stieg auf, als hätte die Maschine plötzlich Feuer gefangen.

Immer weiter steuerte der Mann sein Fahrzeug:

Das Wasser bedeckte Motor und Winde und umspülte bald die Motorhaube. Dann ging es noch tiefer hinein, das Wasser stieg dem Fahrer schon bis ans Gesäß. Im selben Moment atmete der Motor Wasser ein und verstummte mit einem Husten. Hundert Meter vom Ufer entfernt lag der Bulldozer im See.

Die Leute beobachteten entsetzt, wie der Fahrer sich auf seinem Sitz umdrehte und langsam mit wassertriefenden Hosen aufstand. Er wandte sich zum Ufer und rief mit weithin hörbarer Stimme: »Habt ihr das Maul endlich zu?«

»Der ist verrückt geworden, weil er nicht geschlafen hat«, flüsterten die Frauen.

Die Männer riefen auf den See hinaus: »Du hast die Fischsuppe ausgekippt, Mistkerl!«

Der Mann antwortete ruhig: »Ja, die ist ausgekippt.«

»Schwimm ans Ufer!« riefen die Leute ihm zu. Er stieg jedoch auf die Motorhaube, die einzige Fläche, die sich noch über dem Wasser befand, lehnte sich gegen das Auspuffrohr, zog die Stiefel von den Füßen und schüttete das Wasser in den See.

Irgend jemand erklärte den anderen, der Mann könne nicht schwimmen und komme deshalb nicht ans Ufer zurück.

Nicht einmal ein Boot war da. Ein Floß mußte gebaut werden. Die Männer fluchten. Sie waren müde von den durchwachten Nächten und vom Feuerlöschen, und jetzt sollten sie auch noch ein Floß zimmern für einen verrückten Bulldozerfahrer, der mitten im See auf der Motorhaube seines Fahrzeugs stand.

»Baut ein Floß, verdammt noch mal, damit ich an Land komme!« schrie der Mann draußen.

»Schrei nicht rum, das machen wir, wie wir Lust haben. Was bist du auch in den See gefahren, du Arsch!«

Die Männer beratschlagten. Jemand meinte, es wäre nicht schlecht, bis zum Morgen zu warten; eine Nacht auf der Motorhaube könnte dem Kerl eine Lehre sein.

Sie beschlossen, erst Kaffee zu kochen, ehe sie sich ans Werk machten. Der Fahrer im See tobte, als er sah, daß sich keiner zur Arbeit anschickte. Er brüllte Drohungen über das ruhige Wasser, schrie schließlich, er werde jedem einzeln die Fresse polieren, sowie er zurück sei.

»Der ist verrückt«, meinten die Leute am Ufer.

Der Mann steigerte sich in seine Wut hinein, er trommelte mit den Fäusten auf die Motorhaube, daß es über den ganzen See hallte, die Wasservögel erschreckt aufflogen und in das Schilf am anderen Ufer flüchteten.

Schließlich bauten die Männer eine Art Floß; sie

banden Stämme mit einem Seil zusammen, schnitten eine Stange zurecht und legten sich dann am Ufer zur Ruhe. Niemand schien gewillt, den tobenden Fahrer zu retten.

»Den ersten, den ich schnappe, stampfe ich nieder!« schrie der.

Man überlegte, was zu tun sei. Den außer sich geratenen, kräftig gebauten, übernächtigten Fahrer mit einem kleinen, auf gut Glück zurechtgezimmerten Floß abzuholen, war für keinen verlockend. Man beschloß, den Morgen abzuwarten, vielleicht würde der Mann sich bis dahin beruhigen.

Die ganze Nacht über lärmte der Fahrer auf dem See. Er tobte und schrie den Leuten, die nicht mehr antworteten, alles mögliche zu, bis seine Stimme heiser wurde. Er zertrampelte die Scheinwerfer des Fahrzeugs, drehte das Auspuffrohr ab und schmiß es ans Ufer, verfehlte jedoch glücklicherweise sein Ziel. Erst als die Sonne aufging, wurde er so müde, daß er ein paar Stunden bäuchlings auf seiner Motorhaube schlief.

Zur Frühstückszeit wurde es am Ufer munter, und von den Stimmen erwachte auch der Mann auf der Planierraupe. Wieder begann er zu randalieren, rutschte von seiner Maschine herunter und fiel platschend in den See.

Jetzt kam Leben in die Männer am Ufer.

Der Unglückliche schlug im Wasser um sich und schrie vor Entsetzen. Das Floß wurde ins Wasser gestoßen, Vatanen und ein zweiter Mann stakten es eilig zur Planierraupe hin. Der Mann versuchte verzweifelt, sich auf sein Fahrzeug zu retten, doch seine Hände fanden an der nassen Motorhaube keinen Halt, er ging immer wieder unter und schluckte Wasser. Sein Kampf war hoffnungslos, und schließlich blieb er unter Wasser liegen, mit dem Rücken nach oben. Durch das feuchte Hemd war die Wirbelsäule zu erkennen.

Das Floß gelangte ans Ziel, der Mann wurde hinaufgezogen, sein schlaffer Körper auf die Seite gelegt. Als Vatanen ihn am Gürtel hochhob, ergossen sich Wasser und Schlamm aus seinem Mund. Vatanens Kumpel stakte das Floß, er selbst ließ sich auf die Knie nieder und versuchte den Verunglückten von Mund zu Mund zu beatmen. Gleichzeitig drückte er ihm rhythmisch auf den Brustkorb.

Der Mann wurde an Land getragen, wo Vatanen mit der künstlichen Beatmung fortfuhr.

Fünf Minuten vergingen, ehe der Mann Lebenszeichen von sich gab. Sein Körper versteifte sich, dann begannen die Hände zu zittern, schließlich klapperten seine Zähne so heftig, daß Vatanens Zunge beinahe dazwischengeraten wäre.

Sowie der Mann zu sich kam, nahm er den Kampf

gegen seinen Retter auf, Vatanen mußte einen Augenblick mit ihm auf der Erde ringen, ehe die Umstehenden die Situation erkannten und eingriffen: Mit Hilfe mehrerer Männer wurde der Fahrer überwältigt. Man fesselte ihn mit einem Seil an einen Baumstumpf, so daß er aufrecht sitzen konnte.

»Eine starke Natur«, sagten die Männer.

»Wenn ihr mich nicht losbindet, steh ich auf und reiße den Baumstumpf mit der Wurzel aus«, drohte der Fahrer, machte seine Drohung jedoch nicht wahr, sondern murmelte leise: »Verflucht noch mal, da lassen die einen, der nicht schwimmen kann, nachts auf dem See. Das wird der Polizei gemeldet.«

Ein paar Soldaten holten ihn ab. Er wurde auf einer Bahre weggetragen, an der man ihn hatte festbinden müssen.

Aus dem Wald ertönte wilder Lärm, der erst verstummte, als die Bahre schon mehrere Kilometer entfernt war.

9. KAPITEL

Im Moor

Ein neuer Morgen brach an. Vatanen erwachte von Autolärm: Drei Geländewagen hatten sich durch den Wald einen Weg zum See gebahnt. Mit den Autos kamen Männer, unter ihnen beide Kommissare, Hannikainen und Savolainen. Auf Hannikainens Rücken hing ein Rucksack, daraus lugte ein Hasenkopf hervor.

Vatanen lief den Ankömmlingen entgegen, nahm Hannikainen den Rucksack ab, löste die Schnur und hob den Hasen heraus. Welch glückliches Wiedersehen!

Der Hase beschnupperte Vatanen freudig erregt. Als Vatanen ihn auf die Erde setzte, sprang er ihm um die Füße wie ein Hündchen.

Savolainen übernahm am See das Kommando, er hatte den Auftrag, sich um die evakuierten Menschen und das Vieh zu kümmern. Hannikainen war aus Neugier mitgekommen; nachdem seine Freunde ausgezogen waren, den Waldbrand zu löschen, war ihm in der einsamen Hütte die Zeit zu lang geworden.

»Ich hab so verdammt viele Hechte gefangen, daß ich sie auf den Dörfern verkaufen mußte. Den Hasen hab ich gleich mitgebracht«, erklärte Hannikainen. »Meine Untersuchung ruht vorläufig«, fügte er hinzu.

Er zog Vatanen beiseite und flüsterte: »Ich habe da draußen in der Hütte ein paar Berechnungen angestellt. Demzufolge wird Präsident Kekkonen, dieser neue also, Finnland wahrscheinlich noch 1995 regieren. Nach meinen Berechnungen ist der *neue Kekkonen* dann erst fünfundsiebzig Jahre alt, während der alte schon neunzig sein würde. Ich fürchte, dieser Umstand wird im Ausland peinliche Aufmerksamkeit erregen, denn dort kennt man ja nicht den wahren Sachverhalt.«

Er fügte hinzu: »Theoretisch ist es durchaus möglich, daß Kekkonen das Land sogar noch nach dem Jahr 2000 regiert. Dann wäre er nämlich erst fünfundachtzig Jahre alt. Ich glaube aber, er wird im nächsten Jahrtausend auf eine erneute Präsidentschaftskandidatur verzichten.«

Am Seeufer wurden große Zelte aufgestellt, Essen in Gulaschkanonen gewärmt. Decken an Leute verteilt. Aus einem der Geländewagen hatte man eine große Winde entladen, um den Bulldozer an Land zu ziehen.

Da Vatanen keine andere Aufgabe zugeteilt worden war, ging er zu einer jungen Frau, die auf der Wiese die Kühe molk. Drei Plastikeimer voll Milch standen schon da. Vatanen half ihr, die Milch wegzutragen. Bald kam auch der Hase angehoppelt. Die Frau, Irja Lankinen, war von dem Tier sofort entzückt.

»Ach, ist der süß!«

»Willst du ihn über Nacht beherbergen?«

Irja war einverstanden.

»Du kriegst ihn unter der Bedingung, daß ich mitkommen darf, einverstanden?«

Abends zogen sie sich zu dritt in die Scheune zurück. Vatanen hatte Decken beschafft, Irja brachte Suppe von den Zelten mit. Sie machte an der hinteren Wand Betten zurecht. Vatanen schloß die Tür, die Sonne ging unter.

Aus der Scheune hörte man: »Laß das, er guckt.«

Die Tür sprang auf. Im hohen Bogen flog der Hase hinaus auf die Wiese. Die Tür wurde geschlossen, der Hase blieb verlegen im Dunkeln sitzen. Nach einer halben Stunde kam Vatanen zu ihm und bat ihn für den Rausschmiß um Verzeihung. Der Hase schlüpfte wieder in die Scheune, die Tür ging zu. Überall war es still, nicht einmal die Brachvögel riefen auf dem See.

Morgens fragte Savolainen, ob Vatanen bereit sei, mit Irja die Kühe zwölf Kilometer weit bis an die

Landstraße zu treiben, wo sie auf Viehwagen verladen und in die Rinderställe von Sonkajärvi gebracht werden sollten. Vatanen freute sich über die Aufgabe, er fand die Aussicht, den Tag mit Irja zu verbringen, sehr verlockend.

Fröhlich verabschiedete er sich von Savolainen und von Hannikainen, der zu ihm sagte: »Wenn du mal in Nilsiä bist, komm vorbei, dann sind meine Untersuchungen wahrscheinlich abgeschlossen.«

Es war ein herrlicher Tag. Die Sonne schien, Irja und Vatanen sangen, sie hatten keine Eile. Sie ließen die Kühe unterwegs in aller Ruhe an Bächen und Gräben fressen, und mittags durften sie ein paar Stunden wiederkäuen. Die beiden Hirten gingen unterdessen baden. Irja sah majestätisch aus, als sie in den kühlen Waldsee eintauchte, mit ihren großen Brüsten.

Nachmittags begann eine große braune Kuh zu klagen. Sie muhte leise, schloß ihre feuchten Augen und zeigte sich nicht gewillt, den Weg mit den anderen fortzusetzen. Sie fraß nicht einmal mehr, trank nur Wasser. Abseits von den anderen schob sie sich leise klagend zwischen zwei Bäume, lehnte sich mit der Flanke an den einen Stamm und drehte den Kopf Irja zu.

»Die wird bald kalben«, meinte Irja besorgt. Vatanen fand, die Kuh habe keinen dickeren Bauch als alle anderen, aber Irja wußte es besser. »Wenn wir nicht bald die Landstraße erreichen, passiert es hier mitten im Wald«, sagte sie.

»Vielleicht sollte ich nach Sonkajärvi vorausgehen und einen Tierarzt holen«, schlug Vatanen vor.

»Unsinn. Soll sie doch hier kalben, sie ist ja ein gesundes Tier. Du wirst das Kalb schon tragen können.«

Nach einiger Zeit scharrte die Kuh in der Erde und krümmte den Rücken, man sah, daß sie Schmerzen hatte. Hin und wieder brummte sie dumpf, es waren sonderbare und ungewohnte Laute. Irja redete dem Tier beruhigend zu, es antwortete mit leisem Muhen. Schließlich legte es sich nieder.

Nach einer Stunde sagte Irja: »Jetzt geht es los, komm und hilf ziehen.«

Das Kalb kam langsam heraus, die Kuh hatte sich erhoben und muhte gequält, sie mußte alle Kraft aufbieten. Und dann fiel das Kalb auf die Erde. Es war schleimig, und die Kuh leckte es ab. Sie hatte sich wieder völlig beruhigt.

Vatanen hob hundert Meter weiter ein Loch aus und vergrub die Nachgeburt. Das Kalb versuchte sich auf die Beine zu stellen, kippte aber immer wieder um, es war noch zu klein. Saugen konnte es sofort, es kniete sich unter die Kuh und lutschte gierig.

So ein neugeborenes Kalb kann natürlich nicht durch den Wald zur Landstraße wandern. Sollten sie es töten? Auf keinen Fall. Sie kamen überein, daß Irja mit den anderen Kühen vorausgehen und Vatanen das Kalb auf die Schulter nehmen und mit dem Muttertier nachfolgen sollte.

Vatanen nahm eine Decke aus seinem Rucksack und band die Zipfel mit einem Seil zusammen. Jetzt hatte er einen Beutel, den er auf dem Rücken tragen konnte. In diesen Filzbeutel legte er das Kalb, das furchtsam wimmerte, aber was half's, auf eigenen Füßen konnte es sich noch nicht fortbewegen. Die Kuh sah ruhig zu, wie ihr Kalb in der Filzdecke verstaut wurde.

Vatanen warf sich das Kalb auf den Rücken, die kleinen Hufe berührten bei jedem Schritt seinen Nacken. Der Hase wußte nicht recht, was er tun sollte. Er sprang Vatanen nervös um die Füße, paßte sich dann aber dem langsamen Wegtempo an. Vatanen ging mit dem Kalb auf dem Rücken voran, hinter ihm trottete nachdenklich und still die Kuh, die ab und zu den Kopf ihres Kälbchens leckte, und am Schluß hoppelte der Hase.

Obwohl das Kalb bei jedem Schritt durchgeschüttelt wurde, bekam es zu Vatanens Verwunderung keinen Durchfall, aber es war ihm ja vorher viele Monate lang im Bauch der Kuh ebenso ergangen.

War das ein Marsch! Vatanen schwitzte unter der Last. Mücken umschwirrten ihn und drangen ihm in die Nasenlöcher. Weil er mit beiden Händen die Schnüre der Decke festhalten mußte, konnte er sie nicht verjagen; über seinem Bauch baumelte außerdem noch der Rucksack.

»Ein tierliebender Mensch hat es manchmal schwer«, murmelte Vatanen, als ihm im Dickicht ein Fichtenzweig ins Gesicht schlug.

Aber das Maß war noch nicht voll.

Ein Moor lag vor ihm, doch er wollte es nicht umwandern, weil das einen Umweg von einem Kilometer bedeutet hätte. Der Moorboden schien auch zu tragen, als er ihn betrat. Die Kuh zögerte, doch als Vatanen sich umdrehte und sie rief, faßte sie Mut und kam hinterher. Der Boden senkte sich zwar leicht, aber Vatanen glaubte, in einem so trockenen Sommer werde das Torfmoor eine Kuh wohl tragen können, außerdem hätten die Kühe der Einödhöfe Übung beim Durchqueren von Mooren.

Zur Mitte hin wurde der Untergrund weicher. Die Kuh folgte Vatanen, der Boden unter ihr gab nach, sie mußte schneller laufen, um nicht einzusinken. Das Schilf schwankte, sie mußte es weiträumig umgehen. Auch Vatanen mußte die weicheren Stellen im Laufschritt nehmen, und nach der Hälfte des Weges blieb einer seiner Stiefel im Morast stecken.

Er zog wütend den Fuß heraus, der Stiefel blieb zurück, und dann versank auch der zweite. Barfuß konnte sich Vatanen mit Mühe auf eine trockene Stelle retten.

Hinter sich hörte er lautes Muhen. Er drehte sich besorgt um. Die schwere Kuh war tapfer der Spur des Mannes gefolgt, aber nun kam sie nicht mehr vorwärts. Sie war bis zum Bauch eingesunken, konnte sich nicht regen und brüllte muhend um Hilfe.

Vatanen ließ das Kalb auf eine Bülte fallen und lief zurück, um der Kuh zu helfen. Er packte sie bei den Hörnern und versuchte sie aufs Trockene zu ziehen, aber kein Mann hat soviel Kraft, allein eine ganze Kuh an den Hörnern aus dem Moor zu ziehen.

Rasches Handeln war nötig. Vatanen nahm die Axt aus dem Rucksack, rannte fünfzig Meter weit zu einer Stelle, wo mehrere vertrocknete kleine Bäume standen, fällte ein paar davon, hackte die spitzen Aststümpfe ab und kehrte mit den so gewonnenen Stangen zurück. Die Kuh war inzwischen noch ein wenig tiefer eingesunken.

Vatanen schob die Stangen unter ihren Bauch. Das Tier schien zu begreifen, daß man Gutes mit ihm beabsichtigte, es sträubte sich nicht, obwohl ihm die Stangen vielleicht wehtaten. Sie konnte nun nicht weiter einsinken, doch Vatanens Versuch, die

Kuh hochzuhieven, hatte wenig Erfolg. Schwarzer Schlamm bedeckte ihren Leib. Der Hase sah staunend zu.

»Du könntest ruhig auch was tun«, knurrte Vatanen ihn an, während er sich weiter mit der Kuh abmühte. Doch der Hase machte keine Anstalten zu helfen, unwissend und schwach wie er war.

Vatanen beruhigte das Kalb, löste das Seil von der Decke, knüpfte sie zusammen und band das Ende um eine Vorderklaue der Kuh. Die steckte tief im Morast, und Vatanen war bald über und über mit Schlamm bedeckt.

Das Seil reichte gerade fünf Meter weit bis zu einem alten Baumstumpf, an dem Vatanen nun sorgfältig das andere Ende befestigte.

»Wenn du jetzt versinkst, geht der Baumstumpf mit unter«, sagte er zur Kuh.

Die am Baum verankerte Kuh lauschte seinen Worten geduldig und ohne zu muhen, denn sie merkte, daß der Mann ihr helfen wollte.

Vatanen zerteilte das Seil an einer Stelle, steckte einen Knüppel dazwischen und fing an zu drehen. Bald spannte sich das Seil, der Leib der Kuh hob sich langsam aus dem Morast, das Tier versuchte nach Kräften mitzuhelfen. Zwischendurch ließ Vatanen den Knüppel los und schob die Kuh, wobei er sich bemühte, ihre Zitzen nicht zu verletzen. Zentimeter um Zentimeter bewegte sich die Kuh näher an den Baumstumpf heran.

Viele Male wiederholte Vatanen die Prozedur, drehte, schob nach, beruhigte das Tier.

Währenddessen verging die Zeit, und ehe Vatanen sich's versah, war der Abend gekommen. Er war müde, aber er konnte die Kuh nicht über Nacht im Moor liegen lassen.

»Kühe hüten ist ein harter Job!«

Um Mitternacht hatte Vatanen die Kuh so weit nach vorne gebracht, daß sie von allein herauskam. Sie zog sich mit letzter Kraft aus dem Schlamm, und sowie sie festen Boden unter den Füßen hatte, legte sie sich nieder. Vatanen führte das auf zitternden Beinen stelzende Kalb zu seiner Mutter und schlief anschließend selbst auf der Bülte ein. Gegen Morgen wurde ihm kalt, und er schob sich dicht an den Leib der Kuh. Der war warm wie ein Kachelofen.

Dann ging die Sonne auf und beschien die mit schwarzem Schlamm bedeckte Gruppe. Kuh, Kalb, Mann und Hase erwachten: Die Kuh kackte, das Kalb saugte, Vatanen rauchte. Dann trug er das Kalb aus dem Moor. Die Kuh folgte vorsichtiger denn je, und als sie das Moor verlassen hatte, drehte sie sich um und muhte es wütend an.

Am Ufer des nächsten Waldsees wusch Vatanen die Kuh und das Kalb, dann spülte er seine eigenen

Kleider. Stiefel besaß er nicht mehr, die waren im Moor geblieben. Zum Schluß wusch er den Hasen, der ihm diese Maßnahme noch lange verübelte.

Als Vatanen mit seinem Troß die Landstraße erreichte, erwartete ihn ein leerer Viehwagen und eine Gruppe übermüdeter Menschen, die den ganzen Abend und die Nacht vergeblich nach ihm gesucht hatten. Die anderen Kühe waren bereits am Abend fortgeschafft worden, und die besorgte Irja war mit ihnen gefahren. Auch Vatanen gelangte nun mit dem Viehauto nach Sonkajärvi, und bald darauf stand er in seiner rußigen und schlammigen Kleidung, barfuß und mit dem Hasen im Arm auf der Straße des Kirchdorfes.

10. KAPITEL

In der Kirche

Vatanen übernachtete in einer Pension, schlief jedoch schlecht in dem guten Bett, denn er war an das Leben im Freien gewöhnt. Am Morgen kaufte er sich im Laden neue Stiefel, einen Pullover, Unterwäsche, Hosen und kleidete sich vollkommen neu ein. Seine alten schmutzigen Sachen warf er in den Müll.

Es war ein sonniger, heißer Morgen, Samstag obendrein. Vatanen wanderte durch das Kirchdorf und gelangte auf der Suche nach geeignetem Hasenfutter zum Friedhof.

Die Bepflanzung der Grabhügel war ganz nach dem Geschmack des Tieres. Das Raigras auf den frischen Gräbern schmeckte ihm besonders gut.

Die Kirche war offen. Vatanen rief den Hasen und ging mit ihm hinein. Welch herrliche Kühle und Ruhe! Daß er schon vor Jahren aus der Kirche ausgetreten war, hinderte ihn nicht daran, die Stille des großen Raums zu genießen.

Der Hase hoppelte durch den Mittelgang nach

vorn, ließ vor dem Altar ein paar unschuldige Kötel fallen und machte sich dann daran, die Kirche systematischer zu erforschen. Vatanen setzte sich auf eine Bank, betrachtete das Altargemälde, die Architektur des Raumes. Nach seiner Schätzung hatte die Kirche etwa sechshundert Sitzplätze, und zwar auf zwei Ebenen: An beiden Seiten, in voller Länge des Kirchenschiffes, befanden sich Emporen, die unter der Orgel zusammenliefen. Rechts und links vom Altar führten hölzerne Treppen nach oben. Das dämmerige Licht, das durch die hohen, schmalen Fenster fiel, schuf eine verschlafene, friedliche Stimmung.

Vatanen sammelte die Hasenkötel auf und stopfte sie in die Tasche. Er beschloß, ein Nickerchen zu machen, suchte sich einen Platz in der Ecke der hintersten Bank, zog die neuen, glänzenden Stiefel aus und legte sich den Rucksack unter den Kopf. Hier war es weitaus angenehmer als in der Pension mit ihren rissigen, schmierigen Tapeten. Die Blicke konnten in christliche Höhen schweifen oder auf den stillen Fichtenholzsäulen mit der Patina frommer Gesänge ausruhen. Der Hase spielte lautlos an der Tür der Sakristei. Da ist er gut aufgehoben, dachte Vatanen, dann schlief er ein.

Während Vatanen schlief, betrat ein alter Mann die Kirche, es war der Pastor. Er trug Dienstkleidung, einen schwarzen Talar mit Beffchen. Raschen

Schrittes ging er am Altar vorüber zur Sakristei, ohne den Hasen zu bemerken. Der verfolgte verdutzt den Auftritt des schwarz gewandeten Mannes.

Bald kehrte der Pastor aus der Sakristei zurück, bewaffnet mit einer Anzahl langer Kerzen und einem großen Papierknäuel, vermutlich ihre Verpakkung. Er ging zum Altar, nahm die halb heruntergebrannten Kerzen aus den Haltern und steckte neue auf. Die Kerzenstümpfe trug er in die Sakristei, dort wurde er auch das Papierknäuel los.

Er zündete die Kerzen an und trat ein paar Schritte zurück, um das Ergebnis seiner Bemühungen zu betrachten. Dann untersuchte er seine Hosentaschen unter dem Talar und holte eine Schachtel Zigaretten hervor. Er zündete sich eine Zigarette an und rauchte, wobei er den Rauch immer vom Altar weg blies. Als er fertig war, drückte er die Kippe auf dem Fensterbrett aus, pustete die Asche weg, steckte die Kippe in die Streichholzschachtel und schob diese in die Tasche. Zum Schluß wischte er sich die Hände am Saum des Talars ab, als wollte er die durch das Rauchen begangene Sünde loswerden.

Erneut begab er sich in die Sakristei. Als er wieder herauskam, trug er mehrere Bogen Papier in der Hand, wahrscheinlich seinen Predigttext.

Erst jetzt bemerkte er den Hasen, der inzwischen bis zum Altar vorgedrungen war, sich erkühnt hatte, an der heiligen Stätte Kötel fallen zu lassen, und nun die Schnittblumen beschnupperte, die auf dem Boden standen.

Der Pastor erschrak dermaßen, daß ihm die Papiere aus der Hand fielen und zu Boden schwebten.

»Gott behüte!«

Der Hase hoppelte aus dem Altarraum und verschwand im Seitengang.

Vatanen erwachte. Er richtete sich auf und sah, wie der Hase nach hinten flitzte und der überraschte Pastor sich langsam den Schweiß von der Stirn wischte.

Vatanen lugte vorsichtig hinter der schützenden Banklehne hervor, um den weiteren Verlauf der Ereignisse zu verfolgen.

Der alte Pastor erholte sich ziemlich rasch von seinem Schrecken. Er huschte blitzschnell in den Seitengang und sah den Hasen am anderen Ende Männchen machen. Anmutige Stellung, schönes Tier.

»Tuku, tuku!« lockte er, aber der Hase traute der Einladung nicht; der Kirchenmann war so erregt, daß das Tier die Gefahr witterte.

In einem Tempo, das man ihm in seinem Alter nicht zugetraut hätte, rannte der Pastor in seinem

Talar los und versuchte, den Hasen zu fangen. Es klappte nicht, das Tier war schneller.

»Der ist flink, aber ich muß ihn trotzdem kriegen.«

Der Hase lief auf der anderen Seite zum Altar zurück, der Pastor verfolgte ihn, schon etwas außer Atem. Als er sich näherte, sauste der Hase die Treppe zur Empore hinauf. Der Pastor zögerte, ihm zu folgen. Er sammelte die verstreuten Papiere auf, legte sie geordnet auf den Rand des Altars und entdeckte dabei die Hasenkötel.

Verärgert sammelte er sie auf und warf sie einen nach dem anderen in die Kanzel und traf bei jedem Wurf. Nachdem er sich einen Moment ausgeruht hatte, erklomm der Kirchenmann die Treppe zur Empore. Die dicken Balken knackten unter seinen Schritten und dröhnten, als er sich in Trab setzte. Er hatte den Hasen gesichtet. Das Tier flüchtete, der Pastor rief: »Hab keine Angst; wie wild du bist, ich krieg dich doch, kss, kss!«

Der Hase umrundete entsetzt die Empore, dann stürzte er nach unten und versteckte sich zwischen Sakristeitür und Altar. Der alte Pastor absolvierte dieselbe Runde und rannte polternd die Treppe hinunter. Er war so außer Atem, daß er den in der Ecke hockenden Hasen nicht sah.

Er schaute auf die Uhr, ging zur Tür und drehte

den Schlüssel um. Als er auf leisen Sohlen wie ein Jäger durch den Mittelgang zurückschlich, entdeckte er den Hasen.

»Jetzt erwische ich dich, du Satansbraten«, murmelte er, während er an Vatanen vorbeiging. Vorsichtig trat er vor den Altar. Jetzt stand er etwa zwei Meter vom Hasen entfernt, der sich unentdeckt glaubte.

Plötzlich machte der alte Pastor einen furchtbaren Satz zur Sakristeitür, breitete die Arme weit aus, fing den Hasen und begrub ihn unter sich. Der Hase schrie wie ein kleines Kind, mit mitleiderregender, schriller Stimme. Dann gelang es ihm, sich aus der Umarmung des alten Mannes zu befreien, und er sauste in panischer Angst zur Tür.

»Verflucht sei Jesus Christus!«

Der Pastor lag auf dem Bauch vor der Sakristei, in der Hand ein Büschel Hasenhaare.

Ehe Vatanen herbeieilen konnte, war der Pastor aufgestanden und aus der Kirche gerannt, er sprang auf sein Fahrrad und trampelte heftig in Richtung Pfarrhaus. Kurze Zeit später kehrte er grimmig zurück. Vatanen konnte sich gerade noch in einer Bank verstecken, da rauschte der Pastor schon mit wehendem Talar herein.

Im Mittelgang blieb er stehen und zog aus den Falten seines Talars eine Mauserpistole. Er prüfte das Magazin und entsicherte die Waffe. Seine Augen glühten im Dämmerlicht, er hielt nach dem Hasen Ausschau.

Der lag zusammengekauert am Altar. Als der Pastor ihn entdeckt hatte, hob er die Waffe und drückte ab. Der Hase stob entsetzt davon, Rauch schwebte über dem Mittelgang. Der Pastor rannte hinter dem Tier her und feuerte im Seitenschiff kurz nacheinander zwei Schüsse ab. Die Kugeln pfiffen durch die Kirche, Vatanen duckte sich zwischen die Bänke wie ein Saloon-Besitzer im Wilden Westen.

Dem Hasen folgend, galoppierte der Pastor noch zwei Runden durch die Kirche und gab jeweils einen Schuß ab. Als er wieder einmal durch den Mittelgang nach vorn lief, fiel sein Blick auf das Altarbild, und er erstarrte: Ein Mausergeschoß war in das Gemälde eingedrungen. Dieses stellte den Erlöser am Kreuz dar; die Kugel hatte Jesu Kniescheibe durchschlagen.

Noch einmal feuerte die Mauser, diesmal in den Fußboden und anscheinend aus Versehen. Der Pastor stöhnte und hob seinen rechten Fuß. Die rauchende Waffe entglitt seiner Hand, er weinte. Vatanen eilte hinzu und hob die Waffe auf.

Die Kugel hatte den schwarzen Lackschuh des Pastors in der Mitte durchschlagen. Aus der Sohle tropfte schwarzes Blut. Wo vorher der Fuß des Pastors gestanden hatte, befand sich jetzt im Kirchenfußboden ein Loch.

»Ich bin Pastor Laamanen«, schluchzte der Mann, auf einem Bein stehend, und reichte Vatanen zur Begrüßung die Hand. Vatanen drückte sie, wobei er achtgab, daß er den Pastor nicht umstieß.

»Vatanen.«

Laamanen hüpfte auf einem Bein in die Sakristei, aus dem anderen Schuh floß bei jeder Bewegung Blut. Vatanen wischte es mit seinem Taschentuch auf, so frisch ließ es sich gut entfernen.

»Ich habe mich zu sehr aufgeregt, als ich den Hasen sah. Diese Waffe besitze ich seit 1917, ich war damals Jägerleutnant. Wie konnte ich mich nur hinreißen lassen? Das Altarbild wurde aus Versehen von einer Kugel getroffen. Wie kann Gott mir verzeihen, daß ich seinen einzigen Sohn ins Knie geschossen habe? Und noch dazu hier in seinem Haus!«

Der Mann weinte. Auch Vatanen war bewegt. Er schlug vor, ins Pfarrhaus zu gehen und nach einem Krankenwagen zu telefonieren.

»Nein, nein! Seien Sie so lieb und befreien Sie die Kirche vom Rauch. Gleich kommt die Tochter des Bürgermeisters zur Trauung. Ich muß das Paar noch trauen, wir brauchen den Fuß nur zu verbinden. Vielleicht sind Sie noch so freundlich und entfernen die Hülsen, falls welche in den Gängen liegen. Schieben Sie sie einfach zur Seite.«

Vatanen öffnete die Kirchenfenster, der blaue Rauch schwebte nach draußen. Er fand einige Hülsen, hob sie auf und steckte sie in die Tasche. In der Sakristei verband er Laamanens Fuß provisorisch mit einem Stück Altartuch, das er in Streifen riß. In Laamanens Schuhen waren Einlegesohlen, Vatanen tauschte sie aus: Die blutige Einlegesohle mit dem Kugelloch kam in den heilen Schuh, dessen Sohle in den durchschossenen, so waren beide gewissermaßen wieder dicht. Wenigstens für kurze Zeit würde die ausgetauschte Sohle verhindern, daß Blut auf den Fußboden sickerte.

Aus der Kirche ertönten bereits Stimmen, das Brautpaar und die Verwandten waren eingetroffen. Der Pastor humpelte zur Sakristeitür. Vatanen öffnete sie und führte ihn zum Altar. Dann setzte Laamanen mit gleichmäßigen Schritten seinen Weg fort, als sei mit dem Fuß alles in Ordnung.

Vatanen zog sich für die Dauer der Zeremonie in die hinterste Bank zurück, auch der Hase kam dorthin und sprang ihm auf den Schoß.

Laamanen vollzog die Trauung in gewohnter Weise. Während der ganzen Zeit stand er reglos da. Im Anschluß hielt er eine kleine Rede, seine Augen wurden dabei feucht. Einige Frauen interpretierten das auf ihre Weise und begannen zu schluchzen. Die Stimmung war überaus andächtig, geradezu herzbewegend. Die Männer husteten in die Hand, so gedämpft sie konnten.

»Gott hat die Ehe geschaffen, und daran muß auch dieses Paar festhalten. Was nämlich Gott in seiner Barmherzigkeit gefügt hat, ist heilig und darf nicht zerstört werden. In der Ehe lauert jedoch manch böse Gefahr, und eine davon ist die Eifersucht. Sie geht um wie ein brüllender Löwe und zieht den Menschen in ihren Bann. Heute empfinden Sie beide tiefe Zusammengehörigkeit und gegenseitige Liebe, aber es kommt auch der Tag, da Ihnen vielleicht ein anderer Mensch noch liebenswerter erscheint. Und dann sollen Sie an diese Bibelworte denken: ›Was tut's aber? Daß nur Christus verkündigt werde auf allerlei Weise, es geschehe zum Vorwand oder in Wahrheit, so freue ich mich doch darin und will mich auch freuen.‹ Der Bibelspruch stammt aus dem Brief des Paulus an die Philipper, Kapitel 1, Vers 18, und diese frommen Worte gebe ich Ihnen mit auf den Weg als Halt für Ihre Ehe. Im Augenblick der Bedrängnis sollen Sie diese Worte vornehmen und sie lesen. Dann verfliegt der Rausch der fremden Liebe, und Ihre Seele findet Frieden. Ich wünsche Ihnen beiden eine schöne Ehe.«

Laamanen überreichte den Brautleuten eine weiß eingebundene Bibel und schüttelte ihnen die Hand. Er blieb auf seinem Platz stehen, bis die Menschen aus der Kirche geströmt waren. Als er die Tür ins Schloß fallen hörte, hob er vorsichtig den Fuß. Auf dem Boden war ein großer Blutfleck.

Vatanen ging ins Pfarrhaus und bestellte telefonisch ein Taxi. Währenddessen lag Pastor Laamanen auf einer Kirchenbank und schluchzte leise.

»Was soll nun aus dieser Ehe werden? Ich habe blutige Kleider getragen, bildlich gesprochen, als ich die beiden traute! Lieber Vatanen, schwören Sie im Namen des allmächtigen Gottes, daß Sie niemandem erzählen werden, was hier in der Kirche geschah.«

Vatanen schwor, dann kam das Taxi. Bevor Laamanen einstieg, fiel er vor dem Altarbild auf die Knie, faltete die Hände und betete: »Vergib mir, Jesus Christus, Gottes einziger Sohn, was ich Dir angetan habe, aber im Namen des Herrn, das, was geschah, war ein Versehen!«

Vatanen beauftragte den Taxifahrer, schnell zur Ambulanz des Zentralkrankenhauses von Kuopio zu fahren. Laamanen humpelte und bestieg dann das Auto, das bald auf der staubigen Straße verschwand.

Vatanen streckte sich auf einer Kirchenbank aus,

der Hase schlief bereits auf dem Fußboden. Bleierne Müdigkeit überkam Vatanen. Die Stille, die nun wieder in der Kirche herrschte, brachte ihm bald den gewünschten Schlaf.

11. KAPITEL

Der Großvater

Ende Juli suchte sich Vatanen in Kuhmo eine Gelegenheitsarbeit: Mit einer Sichel säuberte er das Unterholz auf sandigen Hügeln und lebte gemeinsam mit dem Hasen, der immer anhänglicher wurde und nun fast ausgewachsen war, im Zelt.

Vatanen tat seine schwere Arbeit, ohne sich um die Zeit zu kümmern, er wurde zäher und vergaß zunehmend sein früheres verweichlichtes Leben in der Hauptstadt. Keine aufreibenden politischen Diskussionen mit irgendwelchen Eiferern mehr. In den Wäldern von Kuhmo gab es keine geilen Frauen, die die Blicke der Männer durchbohrten, an billigen Sex dachte er gar nicht mehr.

So ein Leben kann jeder führen, wenn er es nur fertigbringt, auf sein früheres Leben zu verzichten.

Vatanen hatte zwei Wochen ununterbrochen Dikkicht gesäubert. Die Arbeit war getan, die ausgewählten Schößlinge hatten den notwendigen Lebensraum erhalten; es war an der Zeit, in Kuhmo den Lohn zu kassieren.

Am Lentuasee lag ein kleines Dorf, dort traf Vatanen gegen Mitternacht ein. Der Zehn-Kilometer-Fußmarsch hatte ihn sehr ermüdet. Er wäre gern in irgendein Haus gegangen, aber das Dorf schlief, und er brachte es nicht über sich, mitten in der Nacht jemanden aufzuwecken.

So begab er sich in einen fensterlosen Vorratsschuppen, der zu einem großen Gehöft gehörte, warf seinen Rucksack in die Ecke und legte sich auf den Fußboden. Im Dunkeln kann man gut schlafen, weil einen keine Mücken plagen – ein Mensch, der sonst im Wald lebt, empfindet derlei Bedingungen als Luxus. Der Hase war allerdings unruhig, schnupperte immer wieder im Schuppen herum; es roch nach verdorbenem Fisch. Sie haben zuwenig Salz zum Einlegen genommen, dachte Vatanen und fiel ungeachtet des süßlichen Geruchs in einen festen, tiefen Schlaf.

Gegen sechs Uhr erwachte er im dunklen Schuppen mit steifen Gliedern, rieb sich die Augen und dachte, bald müßten die Leute im Haus aufstehen, dann könnte es Kaffee geben. Der Hase lag hinter dem Rucksack an der Wand. Er war unruhig und nervös, als hätte er die ganze Nacht nicht geschlafen.

Als Vatanen den Schuppen durchquerte, stieß er gegen ein Hindernis, das er in der Nacht nicht bemerkt hatte. Er betastete den Gegenstand, und seine

Hand berührte einen Zapfen, der über einer dicken Bohle saß. Eine Hobelbank, mitten im Raum.

Vatanen ging um die Hobelbank herum, wollte sich im Dunkeln daran festhalten. Seine Hand griff in Stoff. Er stutzte, tastete ab, was da lag.

Unter einem Laken schien ein Mensch zu schlafen. Er hatte anscheinend einen so tiefen Schlaf, daß er Vatanen, als er in der Nacht hereingekommen war, gar nicht bemerkt hatte.

»Wach auf, Kumpel«, sagte Vartanen, bekam aber keine Antwort. Der Schlafende hatte wohl nichts gehört, jedenfalls zeigte er keine Anzeichen von Erwachen. Vatanen fühlte genauer hin: Jawohl, da lag ein Mensch auf der Hobelbank, mit einem Kleidungsstück zugedeckt, ohne Kissen. Die Arme an der Seite ausgestreckt, die Füße ohne Stiefel, eine große Nase. Vatanen rüttelte ihn vorsichtig, versuchte ihn aufzurichten, redete auf ihn ein. Dann beschloß er, die Tür zu öffnen; das Licht würde den Schläfer schon wecken. Als Vatanen einen Schritt zur Tür machte, verhakte sich der Griff des Spannstockes in seiner Hosentasche. Das ganze Gerät kippte um, und der Schläfer rollte herunter. Sein Kopf schlug schwer auf den Boden. Als Vatanen die Tür aufriß, sah er im Morgenlicht einen alten Mann bewußtlos auf der Erde liegen.

Nun hat er sich den Kopf verletzt, dachte Vatanen

erschrocken. Er befühlte in seiner Angst die Herzgegend des Mannes, konnte aber nicht feststellen, ob das Herz schlug. Jedenfalls schien der Mann durch den Sturz das Bewußtsein verloren zu haben! Vatanen bekam es mit der Angst, er hob den Verletzten vorsichtig hoch und brachte ihn ins Freie. Dort sah er sich im klaren Morgenlicht dessen Gesicht genau an: runzlige, ruhige Züge, die Augen geschlossen. Vatanen dachte sich, daß so ein alter Mann nach einem Fall von der Hobelbank sterben könnte und er deshalb schnell handeln mußte. Der Bewußtlose lag in seinen Armen wie auf einem Tablett. Vatanen rannte über den Hof und wollte den Verletzten ins Hauptgebäude tragen, aber glücklicherweise erschien auf der Treppe eine junge Frau mit Milchkannen. Vatanen rief, es sei ein Unfall passiert, und blieb mitten auf dem Hof stehen, den bewußtlosen alten Mann in den Armen.

»Ich werde alles erklären. Holen Sie jemanden, der ihn künstlich beatmen kann!«

Auch die Magd war erschüttert. Die Milchkannen fielen ihr aus den molligen Händen und rollten scheppernd über den Hof bis zum Brunnen. Sie verschwand im Haus, Vatanen hielt immer noch den Mann in den Armen. Wie ihm schien, hatte sich der Zustand des Alten noch verschlimmert. Er wurde von tiefem Mitgefühl ergriffen, dieses Unglück hatte er nicht gewollt.

Auf den Stufen vor der Haustür tauchten halbangezogene Leute auf, der Bauer, die Bäuerin, die junge Frau von vorhin. Sie alle waren fassungslos und machten keine Anstalten, Vatanen bei seinen Wiederbelebungsversuchen zu helfen.

»Haben Sie eine Gartenschaukel? Dort kann ich seine Atmung wiederbeleben«, schlug Vatanen den Leuten vor, aber die rührten sich nicht.

Schließlich sagte der Bauer: »Das ist unser Opa. Schaff ihn zurück.«

Vatanen wußte nicht, was er davon halten sollte. »Schaff ihn zurück«, klang es ihm in den Ohren. Er betrachtete den Opa, der steif in seinen Armen lag. Ein Lid hatte sich geöffnet, und Vatanen sah den Augapfel.

Da begriff er. Er hielt einen Toten in den Armen, tot schon seit einiger Zeit. Vatanen wurde von Grauen gepackt, er ließ den Alten fallen. Der Bauer rannte herbei, lud sich den Leichnam auf den Rücken. Der schlenkerte gefährlich hin und her, aber der Bauer schob ihn zurecht und brachte ihn in den Schuppen. Dort legte er ihn auf die Hobelbank, deckte ihn mit dem Laken zu, schloß die Tür und kehrte wieder auf den Hof zurück.

»Du hast unseren Opa geschändet, Mann!«

Vatanen hörte seine Worte kaum, denn er stand hinter dem Brunnen und erbrach sich.

Es gab eine Menge zu erklären.

Wie sich herausstellte, hatte Vatanen im Schuppen mit dem Altbauern genächtigt, der am Vorabend gestorben war. Im Haus herrschte Trauer, denn der alte Bauer war ein guter Mensch gewesen. Man hatte Verständnis für Vatanens Versehen. Während vom Großvater gesprochen wurde, weinten die Frauen, auch Vatanen spürte einen Kloß im Hals. Der Hase hielt sich abseits, als wäre er mitschuldig.

Um zehn Uhr fuhr der Leichenwagen auf den Hof. Vatanen half dem Bauern, den Toten ins Auto zu tragen. Das Auge, das sich vorhin geöffnet hatte, wurde geschlossen, der Fahrer des Wagens zückte ein Formular, der Bauer unterschrieb.

Vatanen konnte ins Kirchdorf Kuhmo mitfahren. Hinten stand feierlich der mit schwarzem Tuch verhüllte Sarg. Der Fahrer des Leichenwagens redete die ganze Zeit über den Hasen, erzählte, er selbst besitze in Kajaani eine zahme Elster. Diese hatte der Frau des Polizeimeisters angeblich mitten in der Stadt einen Reflexsticker von der Kleidung gestohlen, jedenfalls hatte der Vogel so ein Exemplar mit nach Hause gebracht.

»Übrigens, ganz was anderes, ich kenne diesen Bauer Heikkinen. Der war Kommunist, aber eingebracht hat ihm das gar nichts. Wer Kommunist ist, wird niemals reich.«

12. KAPITEL
Kurko

Ende Juli, Anfang August war Vatanen bis nach Rovaniemi gelangt. Dort waren die letzten Baumstämme bereits geflößt, und Touristen gab es nur wenige.

Im Restaurant Lapinmaa traf Vatanen mit einem alten Waldarbeiter, einem unglücklichen Säufer, zusammen. Der Mann wurde Kurko genannt, in jungen Jahren, zu den großen Holzfällerzeiten, war er in Lappland als »König der Wälder« bekannt gewesen.

Kurko haderte mit seinem Schicksal: Er bekam keine Arbeit mehr im Wald, weil er zu alt und außerdem ein Trinker war. Nun sollte er mit der Mindestrente auskommen, doch das reichte vorne und hinten nicht, um frei umherzuziehen. Das Leben war hart für einen alten Holzfäller.

Vatanen überlegte, wie dem Alten zu helfen sei.

Er ging zum Bezirksbüro Lappland der Zentralbehörde für Straßen- und Wasserbau und besorgte sich eine Gelegenheitsarbeit. Er erhielt den Auftrag, drei Holzflöße zu zerlegen, am Ounasfluß oberhalb des Dorfes Meltaus. Kurko wollte gern mitmachen, und so zogen die Männer gemeinsam zum Fluß.

Mit einer Winde hoben sie die Flöße auf die Uferböschung. Sie hatten eine Motorsäge gemietet, und mit Hilfe von Brecheisen und anderem Werkzeug machten sie sich daran, die alten schweren Flöße auseinanderzunehmen. Bei dem spätsommerlichen Wetter ging die Arbeit flott voran, die Männer wohnten im Zelt und kochten sich ihr Essen draußen auf einer Feuerstelle. Kurko klagte zwar über Entzugserscheinungen, doch ansonsten war er mit seiner Arbeit durchaus zufrieden.

Von Zeit zu Zeit kamen Dorfbewohner zu Besuch. Sie staunten über den Hasen auf ihre stille, zurückhaltende Art. Vatanen bat sie, ihre Hunde einzusperren, und nur selten geschah es, daß der Hase von einem Hund aus dem Dorf verfolgt wurde. Er rettete sich in solchen Notfällen entweder zu Vatanen auf den Schoß oder schlüpfte ins Zelt, und der Hund mußte enttäuscht umkehren.

Als zwei Flöße zerlegt waren und das gewonnene Holz aufgestapelt war, zahlte Vatanen Kurko den Lohn für zwei Wochen aus. Der verschwand sofort in Richtung Rovaniemi. Dort blieb er drei Tage und drei Nächte und kam dann sternhagelvoll und abgebrannt zurück, so wie er es sein ganzes Leben gemacht hatte. Er soff noch eine weitere Nacht, und dabei wäre beinahe ein Unglück passiert: Als er seine Qualitäten als Flößer vorführen wollte und zu diesem Zweck auf den Stämmen am Ufer entlanglief, fiel er in den Fluß. Da er nicht schwimmen konnte, wäre er fast ertrunken, doch Vatanen zog ihn aus dem kalten Wasser und trug ihn ins Zelt. Am Morgen erwachte der alte Kämpe mit einem mörderischen Kater, und als er den Mund aufmachte, um zu klagen, zeigte sich, daß sein Gebiß nachts in den Fluß gefallen war. Das Leben ist manchmal wirklich deprimierend.

Im Laufe des Tages wurde Kurko wieder munter. Er konnte nichts anderes essen als Brei, und natürlich quälte ihn der Hunger.

»Bring mir Schwimmen bei«, bat er Vatanen.

Am selben Abend begann Vatanen mit dem Unterricht. Er befahl Kurko, sich nackt auszuziehen, sich bäuchlings ins Wasser zu legen und mit den Händen am Ufer festzuhalten.

Einem alten Hund das Sitzen beizubringen ist schwierig genug, doch noch schwieriger ist es, einen alten lappländischen Waldarbeiter das Schwimmen zu lehren. Der arme Kurko gab sich redliche Mühe, aber der Erfolg war gering. Abend für Abend wurden die Übungen fortgesetzt. Vatanen staunte über Kurkos Beharrlichkeit.

Schließlich geschah ein Wunder.

Kurko lernte Hundepaddeln. Das Wasser trug ihn! Freudengeheul hallte über den Fluß, als der Mann seine neue Begabung entdeckte. Er war so begeistert, daß er noch spät abends im Wasser planschte; hin und wieder tauchte er für längere Zeit unter, ließ sich von der Strömung treiben und kam etliche Meter weiter flußabwärts prustend wieder an die Oberfläche. Sein abgehärteter Körper vertrug das kalte Wasser gut, sein durchfurchtes Gesicht leuchtete von neuem Lebensglück.

»Morgen ist Feiertag, da tauche ich nach meinem Gebiß«, beschloß Kurko. Er war so eifrig bei der Sache, daß er nicht einmal in die Samstagssauna ging, sondern sich lieber im Fluß vergnügte.

Kurko konnte mehrere Minuten unter Wasser bleiben, das zeigte sich am nächsten Tag, als er auf dem Grund des Flusses sein Gebiß zu suchen begann. Am Ufer versammelte sich eine Schar Dorfbewohner, um ihm beim Tauchen zuzusehen, einige waren auch wegen des Hasen gekommen. Allgemein hielt man die beiden Floßarbeiter für etwas sonderbar, und das wohl nicht ganz ohne Grund: Der eine hatte einen Hasen gezähmt, und der andere paddelte jeden Tag nackt im kalten Wasser herum. Sogar ein Bus mit Touristen hielt an, und etwa vierzig Deutsche stiegen aus, um das Schauspiel zu bewundern.

Jemand filmte Kurko mit der Schmalfilmkamera. Der deutsche Reiseleiter erklärte seinen Landsleuten, dies sei ein Training für die Flößerwettkämpfe, die alljährlich in Lappland stattfänden.

Abends sagte Kurko zu Vatanen, seine Zähne habe er im Fluß nicht gefunden, dafür aber etwas viel Wertvolleres.

»In der Mitte, wo es über zehn Meter tief ist, habe ich mindestens hundert Tonnen Kriegsschrott entdeckt. Mehr als zehn Kanonen, mindestens einen Panzerwagen, große Kisten, alles mögliche. Deswegen habe ich die ganze Zeit getaucht. Gib mir 'nen Tausender Vorschuß, und ich verkauf den Schrott.«

Seltsamer Fund, seltsamer Kerl, dieser Kurko. Vatanen zog sich aus, lief über die Stämme zum Fluß und tauchte in die Tiefe. Die Strömung war stark, und nur mit Mühe gelangte er an die richtige Stelle.

Kurko hatte nicht gelogen. Vatanen stieß mit dem Knie an einen harten Gegenstand, er untersuchte ihn näher und kam zu dem Ergebnis, daß dort tatsächlich eine Kanone lag. Ein Wunder, daß man sie nicht früher entdeckt hatte. Doch auf der Kanone lagen mit Wasser vollgesogene Baumstämme, die sich im Laufe der Jahre durch das Flößen dort angesammelt hatten.

Vatanen gab Kurko tausend Mark. Der fuhr am

nächsten Morgen nach Rovaniemi. Vatanen mußte das letzte Floß allein zerlegen.

Wieder blieb Kurko zwei Tage und zwei Nächte in der Stadt. Als er zurückkehrte, war er betrunken, aber fröhlich. Sogar ein paar Hundertmarkscheine hatte er noch übrig. Und Schnaps: viele Flaschen guten Kognak. In seinem Rausch prahlte er: »Ich bin einer, der Nägel mit Köpfen macht. Morgen früh wird hier 'ne Menge los sein.«

Nach dieser Ankündigung sackte er weg, und Vatanen erfuhr nichts von seinen Vorbereitungen.

Am Morgen donnerten drei schwere Tieflader mit der Aufschrift »Spezialtransport« ins Camp. Kurko schien eine Operation größeren Ausmaßes eingeleitet zu haben.

Trotz seines Katers machte er sich sogleich ans Werk. Er übernahm die Leitung, wies Vatanen und die Fahrer an, am Ufer zwischen dicken Föhren eine große Winde aufzustellen, ein schweres Gerät mit zwanzig Tonnen Zugkraft, und mit dicken Stahltrossen an den wuchtigen Stämmen zu verankern. Mit einer kleineren Winde wurde die Trosse vom gegenüberliegenden Ufer aus in den Fluß gezogen.

Kurko tauchte und nahm das schwere Ende der Trosse mit. Er blieb lange unter Wasser, und als er prustend an die Oberfläche kam, rief er: »Zieht an!«

Die Stahltrosse spannte sich, die Wipfel der Kiefern schwankten, doch die Verankerung der Winde hielt. Langsam wickelte sich die Trosse um die Trommel. Nach einer Minute hob sich aus dem Fluß eine schwere, verrostete Haubitze, deutsches Fabrikat, sechs Zoll. Kurko schwamm rasch ans Ufer und nahm einen Schluck Kognak. Zum Aufwärmen, wie er sagte.

Die alte Kriegswaffe wurde auf den Tieflader gehoben und befestigt. Vatanen notierte das Gewicht.

Den ganzen Tag schwamm Kurko zwischen Ufer und Flußmitte hin und her und gönnte sich bei seiner schweren Arbeit keine Pause. Aus dem Wasser wurden elf Kanonen, etwa zwanzig Flakgeschosse, ein fünfzehn Tonnen schwerer Panzer und etliche Kisten Munition gehoben. Vermutlich hatten die Deutschen während ihres Rückzugs im Lappland-Feldzug den ganzen Kram im Fluß versenkt, aber es war schon ein Wunder, daß die Finnen diese Waffen noch nicht entdeckt hatten.

»Und jetzt fahrt damit zum Bahnhof Kolari, dort sind auf meinen Namen Waggons bereitgestellt, da ladet ihr den Krempel rein. Hier sind die Frachtbriefe«, sagte Kurko und reichte den Fahrern einen Packen Papiere.

»Sowie das Zeug verladen ist, holt ihr den Rest, und wenn es mitten in der Nacht ist. Das Geld kriegt ihr in einer Woche. Ich unterschreibe.«

Kurko unterschrieb die Fahraufträge, die schweren Tieflader donnerten in Richtung Norden davon. Vatanen verfolgte die großangelegte Aktion mit Verwunderung, und er war nicht der einzige, der Kurkos Geschäfte bestaunte: Es hatte sich bis zu den Bewohnern von Meltaus herumgesprochen.

Am nächsten Tag wurde der restliche Kriegsschrott aus dem Fluß gehoben, und am frühen Nachmittag fuhren die letzten Fahrzeuge von Meltaus nach Kolari. Kurko erzählte, er habe den Schrott direkt an die Eisenfabrik in Koverhari verkauft, und am Freitag treffe die Eilüberweisung auf der Bank in Rovaniemi für ihn ein. Er sagte, gezahlt werde für den Schrott erst dann, wenn er sich im Werksgelände befinde.

Auch ein Journalist hatte sich am Flußufer eingefunden, jedoch zu spät. Seine raffinierten Versuche, Vatanen und Kurko Informationen zu entlocken, blieben ohne nennenswertes Ergebnis. Das letzte Floß war zerlegt, die große Winde war bereits fortgeschafft, und als der Reporter fragte, ob dies die Stelle sei, wo man hundert Kanonen im Fluß gefunden habe, sagte Kurko lachend: »Hundert Kanonen! Du bist wohl übergeschnappt. Hier werden Flöße zerlegt und keine Kanonen verschrottet!«

Bis Freitag waren die Holzarbeiten beendet, beide Männer nach Rovaniemi zurückgekehrt. Vatanen holte den Lohn im Bezirksbüro ab, während Kurko aufgeregt im »Lapinmaa« saß. Er hatte sich den Gewinn seiner geschäftlichen Unternehmung ausgerechnet.

»Die Unkosten betragen sechstausendzweihundert Mark, deinen Tausender mitgerechnet. Die Firma bezahlt für das Kilo siebzehn Pfennig, und es waren ja sechsundneunzigtausend Kilo, also fast hundert Tonnen. Nun rechne mal selber. Alles zusammen müßte 16.320 Mark wert sein. Nach Abzug der Ausgaben bleiben 10.120 Mark. Hübsche Summe!«

Am Nachmittag traf der Scheck tatsächlich ein.

Kurko weinte in der Bank Freudentränen. »Soviel Geld auf einem Haufen habe ich seit 1964 nicht gekriegt, als ich am Kairifluß drei Monate hintereinander Bäume gefällt habe. Jetzt fahr ich erst mal weg, bis hoch nach Oulu vielleicht.«

Kurko zog ab.

Auch Vatanen beschloß, die Stadt zu verlassen, denn in der Lokalzeitung stand eine Meldung, der zufolge das von den Deutschen zurückgelassene Kriegsgerät den Alliierten gehörte. In dem Artikel äußerte ein Major seine Verwunderung darüber, daß irgendwo in Meltaus »private Kreise« Eisenschrott aus dem Lappland-Krieg gesammelt und auf eigene Rechnung verkauft hatten.

Vatanen faltete die Zeitung zusammen. Er überlegte, wo Kurko sich jetzt herumtreiben mochte. Vielleicht hatte er sich ein neues Gebiß beschafft.

»Wir sollten uns auch wieder auf den Weg machen«, sagte Vatanen zum Hasen, der zu seinen Füßen saß.

Und so verließen sie Rovaniemi. Es war schon Ende August, am Morgen hatte es geschneit, doch gleich darauf wieder getaut.

13. KAPITEL

Der Rabe

Bevor der Schnee kam, fuhr Vatanen mit dem Linienbus nach Posio, ins südliche Lappland.

Er besorgte sich dort eine Arbeit als Holzfäller, acht Kilometer von der Landstraße entfernt, in der Gegend hinter Simojärvi. Es war eine trostlose Einöde zwischen zwei Flußläufen, aber die Arbeit wurde bezahlt, und die Hauptsache war, daß der Hase nicht in bewohnten Gebieten leben mußte.

Vatanen wohnte in einer Hütte am Rande eines weiten Moores auf einer kleinen mit Kiefern bewachsenen Insel. Zweimal in der Woche ging er ins Dorf, um sich Proviant und Zigaretten zu besorgen und aus der Bibliothek ein paar Bücher zu entleihen. So verbrachte er mehrere Wochen, und in dieser Zeit las er manch gutes Buch.

Seine Lebensbedingungen waren mehr als einfach.

Vatanens Arbeit war schwer, doch sie gefiel ihm: Er fühlte seine Kräfte wachsen, und er mußte sich nicht mit der Vorstellung belasten, diese Arbeit bis an sein Lebensende zu machen.

Manchmal, wenn Schneeregen fiel und er bei Einbruch des Abends seine Erschöpfung spürte, dachte er über sein Leben nach: Wie anders war es doch im Frühjahr, bis zum Mittsommer, gewesen.

Völlig anders!

Vatanen sprach laut mit dem Hasen, und der hörte geduldig zu, ohne ein Wort zu verstehen. Vatanen schürte das Feuer vor der Hütte, beobachtete die Anzeichen des nahenden Winters und schlief in der Nacht so wachsam wie ein Waldtier.

Vom ersten Tage an machte Vatanen in dieser Moor- und Schneelandschaft ein Problem zu schaffen.

Als er auf der Moorinsel zwischen vertrockneten Föhren seine bescheidene Hütte errichtet hatte, ließ sich dort auch der schlimmste Vogel des Waldes, ein Rabe, nieder.

Er kam im Schneeregen geflogen, mager und mit nassen Flügeln, drehte ein paar Runden über der Insel, und als er merkte, daß er nicht verfolgt wurde, landete er auf einem Baum in Vatanens Nähe und schüttelte den Schnee von sich ab wie ein rheumatischer Hund. Der Anblick war äußerst deprimierend.

Vatanen empfand tiefes Mitleid mit der Kreatur. Ganz offensichtlich hatte dieser Kümmerling in letzter Zeit kein sehr angenehmes Leben geführt. Ein wirklich elendes Geschöpf.

Als Vatanen am nächsten Abend müde aus dem Wald zurückgekehrt war und sich ein Abendessen zubereiten wollte, staunte er nicht schlecht. Sein Rucksack, der offen in der Hütte gelegen hatte, war Opfer eines Raubes geworden. Eine beträchtliche Menge Proviant war daraus verschwunden: ein halbes Pfund Butter, eine angebrochene Dose mit Rind- und Schweinefleisch sowie etliche Scheiben Knäckebrot. Der Missetäter konnte nur jene unglückliche Kreatur, der Rabe, gewesen sein, der am vergangenen Abend so tiefes Mitleid in Vatanen erweckt hatte. Er hatte mit seinem Schnabel die Lebensmittel aus ihrer Verpackung gerissen, einen Teil davon verstreut und einen anderen Teil vermutlich in irgendein Versteck geschleppt, das nur er kannte.

Der Rabe saß ganz in der Nähe im Wipfel einer hohen Kiefer. Eine Seite des Baumes war mit schwarzen, glänzenden Klecksen bedeckt: Er hatte vom Ast heruntergeschissen.

Der Hase war unruhig, wahrscheinlich war er in Vatanens Abwesenheit vom Raben bedrängt worden.

Vatanen warf einen Stein nach dem Raben, ohne zu treffen. Der Vogel rückte widerwillig zur Seite und bewegte nicht einmal die Flügel. Erst als Vatanen herbeistürzte und mit der Axt gegen den Stamm schlug, flog er auf einen anderen Baum.

Ein Gewehr hätte man haben müssen, aber das hatte Vatanen nun mal nicht.

Er öffnete eine neue Fleischbüchse, briet den Inhalt in der Pfanne und aß die restlichen Scheiben Knäckebrot trocken, ohne Butter. Während er diese bescheidene Mahlzeit zu sich nahm, beobachtete er den Raben auf dem Ast und glaubte den Vogel rülpsen zu hören.

Schwarze, unbändige Wut stieg in ihm auf, und als er sich zur Ruhe begab, legte er sich den Rucksack unter den Kopf. Der Hase sprang in sein Lager hinter Vatanens Rücken.

Am Morgen schnürte Vatanen seinen Rucksack fest zu und bedeckte ihn sorgfältig mit Reisig.

Als er abends in seine Hütte zurückkehrte, hatte es wieder Raub und Zerstörung gegeben. Der Rabe hatte die Reiser beiseite geschoben, den Rucksack aus der Nähe der Feuerstelle nach draußen gezerrt, eine Seitentasche abgerissen und daraus eine Packung Schmelzkäse gestohlen. Er hatte außerdem die Schnur gekappt und sich den Rest der angebrochenen Fleischkonserve und die letzten Knäckebrotscheiben geholt. Übriggelassen hatte er nur ein Paket Tee sowie Salz und Zucker und zwei, drei ungeöffnete Fleischdosen.

An diesem Abend fiel Vatanens Mahlzeit noch einfacher aus.

So ging es viele Tage weiter. Selbst wenn Vatanen morgens, bevor er zur Arbeit ging, seinen Rucksack unter dicken Holzkloben versteckte, gelang es dem Raben, Lebensmittel zu entwenden. Er fand immer irgendeinen Spalt, um an den Proviant heranzukommen. Die einzige Möglichkeit, den Rucksack vor den Klauen des gierigen Vogels zu schützen, schien ein Betonbunker zu sein.

Der Rabe wurde immer dreister. Er erkannte offenbar, daß der Mann in der Hütte gegen sein Tun machtlos war. Obwohl Vatanen ihn durch furchtbares Brüllen und mit faustgroßen Steinen von seiner Insel zu vertreiben suchte, blieb der Vogel ruhig – er schien sich über Vatanens ohnmächtige Wut sogar zu amüsieren.

Der Vogel wurde schnell fett und wollte sich tagsüber kaum noch von seinem Ast wegbewegen. Sein unersättlicher Appetit zwang Vatanen, statt wie bisher zweimal, jetzt dreimal in der Woche beim fahrenden Händler im Dorf einzukaufen. Nach Vatanens Rechnung verschlang der Rabe pro Woche Lebensmittel im Wert von sechzig Mark.

Auf diese Weise vergingen vierzehn Tage.

Der Rabe war nun maßlos fett. Er saß faul und frech auf seinem Ast, ein paar Meter von Vatanen entfernt, groß und kräftig wie ein wohlgenährtes Lamm; sein grauschwarzes Federkleid hatte die Farbe geändert, es war dunkel geworden und glänzte prächtig.

Wenn es so weiterging, würde Vatanens Arbeit einen sehr kargen Lohn einbringen. Angestrengt überlegte er, wie er den Raben vernichten könnte, und als ihn das Tier zwei Wochen lang beraubt hatte, fiel ihm eine Möglichkeit ein, wie er diesen Zustand ein für allemal beenden könnte.

Die Methode, mit der er den Raben zwingen wollte, seinem Räuberleben zu entsagen, war sehr wirkungsvoll.

Und grausam.

Vatanen war wieder einmal im Dorf, um Proviant zu besorgen. Das Mädchen in dem Verkaufswagen musterte den Kunden etwas befremdet – er erschien nicht nur dreimal wöchentlich bei ihr in Begleitung eines Hasen, sondern die Menge seiner Einkäufe wuchs auch von Mal zu Mal. Dabei war bekannt, daß der Mann lediglich für sich selbst einkaufte.

»Da draußen in der Einöde wohnt ein furchtbarer Vielfraß«, wurde im Dorf geredet. »Der kauft dreimal pro Woche einen Rucksack voller Lebensmittel und wird dabei immer magerer.«

Am Tag, nachdem ihm seine Idee gekommen war, öffnete Vatanen seine Fleischbüchsen anders als bisher: Er schnitt den Deckel nicht am Rand auf, sondern schlitzte ihn über Kreuz ein, so daß sich vier scharfkantige Blechdreiecke bildeten. Diese Zacken bog er vorsichtig nach oben, und nun sah die Fleischbüchse wie eine sich öffnende Blume mit vier Blütenblättern aus. Aus der Mitte dieser Blechblume holte Vatanen mit dem Messer Fleisch heraus, briet es in der Pfanne und aß mit gutem Appetit. Der Rabe schaute dem Treiben des Mannes gelassen zu, wahrscheinlich glaubte er, der Rest aus der Dose gehöre wie immer ihm.

Nachdem Vatanen die üblichen Beschimpfungen gegen den Raben ausgestoßen hatte, versteckte er den Rucksack unter Kloben. Zuvor bog er jedoch die Zacken des Konservendeckels nach innen, so daß sich eine trichterförmige Öffnung bildete, ähnlich wie bei einer Reuse.

Sowie Vatanen sich ein Stück in Richtung Wald entfernt hatte, flatterte der Rabe zum erlöschenden Feuer und stelzte zum Rucksack. Er hielt einen Moment den Kopf schräg und machte sich dann energisch ans Werk: schlüpfte zwischen die Kloben, krächzte vor sich hin, schubste einen Kloben beiseite und bekam ziemlich bald seine Beute heraus. Ab und zu hob er seinen großen, schwarzen Kopf, um nach Vatanen Ausschau zu halten.

Nachdem der Rabe den Rucksack hervorgeholt hatte, zerrte er ihn auf einen freien Platz, um, wie seit Wochen, seinen Raub zu verüben. Er öffnete ihn routiniert und machte sich über den Inhalt her.

Vatanen hielt sich im Schatten des Waldes und verfolgte den Fortgang der Dinge.

Der Rabe begann mit einem Paket Knäckebrot, er pickte daran herum, nahm eine große Scheibe in den Schnabel und lief, mit den Flügeln schlagend, davon. Er sah aus wie eine überladene Transportmaschine, die von einer zu kurzen Startbahn abheben will. Endlich bekam er genügend Luft unter die Flügel und erhob sich vom Boden; Vatanens Hase hatte sich erschrocken in der Hütte versteckt und beobachtete von dort aus den Start der Räubermaschine.

Als der Vogel mit der großen Scheibe Knäckebrot, die vom Morgenwind erfaßt wurde, über Vatanen schwebte, glich er einem Drachen, und er mußte alle Kraft aufwenden, um den Kurs zum Wald zu halten, wo er sein Versteck hatte.

Bald kehrte er zurück, und der Hase, der inzwischen im Moor ein wenig Gras gefressen hatte, verkroch sich wieder in der Hütte. Vatanen schärfte den Blick.

Geräuschvoll zerrte der Rabe die Fleischbüchse aus dem Rucksack. Bevor er sich über den Inhalt hermachte, richtete er sich auf und beäugte die Umgebung, um sein Mahl ungestört genießen zu können. Dann steckte er seinen großen Kopf in die

Büchse. Er nahm ein paar saftige Happen von dem fetten Fleisch und wollte dann Luft schöpfen.

Doch er konnte den Kopf nicht aus der Büchse ziehen. Er saß fest. Das Tier bekam es mit der Angst. Es machte ein paar Hüpfer, versuchte, die Büchse abzuschütteln, aber die blecherne Falle blieb hartnäckig sitzen. Der Rabe kratzte vergeblich an der glatten Rundung, und die messerscharfen Blechränder sägten an seinem fettigen Hals.

Vatanen eilte herbei, bekam seinen Räuber jedoch nicht mehr zu fassen. Der schwarze Vogel erhob sich mit wildem Geflatter in die Luft, die Büchse immer noch fest um den Kopf, und obwohl er nichts sehen konnte, gelang es ihm, so hoch aufzusteigen, daß Vatanen ihn nicht an Ort und Stelle vernichten konnte.

Der Rabe in der Blechbüchse schrie in höchster Not. Das Moor hallte wider von seinem metallischen Krächzen, erstickt, doch unheilverheißend.

Er gewann an Höhe und glich in seinem düsteren Flug dem Schwan von Tuonela.* Die Blechbüchse rasselte und schepperte, begleitet vom aufgeregten Geschrei.

Als der Rabe die Orientierung verloren hatte, begann er in der Luft herumzutorkeln, konnte den

* Schwan des Totenreichs im Kalevala-Epos

Kurs nicht mehr halten, verlor schnell an Höhe und streifte bereits die höchsten Baumwipfel des Waldrands. Die Fleischbüchse mit seinem Kopf schlug gegen die Bäume, und das Tier stürzte zu Boden, um sich blutüberströmt von neuem aufzurappeln. Vatanen sah den Raben hinter dem Waldrand verschwinden. Dann hörte er nur noch grauenhafte Laute, die vom letzten Flug des Raben kündeten.

Schneeregen fiel, und die Laute verstummten.

Vatanen hob seinen ramponierten Rucksack auf und hängte ihn in die Hütte, er nahm den Hasen auf den Arm und blickte zum Waldrand. Er wußte, daß auf dem Boden der Fleischbüchse jetzt mehr Rabenblut als Fleisch war, und er war grausam genug, um über seine schreckliche Tat lauthals zu lachen.

Auch der Hase schien zu lachen.

14. KAPITEL

Der Opferdarbringer

Eine Woche nach dem Tod des Raben verließ Vatanen das Moor von Posio, begab sich nach Sodankylä und ruhte sich dort im Hotel ein paar Tage aus. Er traf einen Rentierzüchter aus der Kooperative von Sompio, der ihm eine Gelegenheitsarbeit anbot: die Instandsetzung der Hütte von Läähkimäkuru, an der »Schmatzerschlucht«. Das paßte Vatanen ausgezeichnet.

Er kaufte sich ein Gewehr mit Zielfernrohr sowie Skier, Zimmermannswerkzeug und Proviant für mehrere Wochen. Dann nahm er ein Taxi und fuhr in den großen Wald. Am Abzweig Värriö traf er mehrere Rentierzüchter, die an der Landstraße um ein Feuer saßen.

»Verstehe ich nicht«, sagte der eine. »Hier sind die Hasen schon wochenlang ganz weiß, aber der da hat noch Sommerfell.«

»Ist vielleicht ein Feldhase.«

»Nein, die sind größer.«

»Er kommt aus dem Süden«, erklärte Vatanen.

Gemeinsam mit dem Taxifahrer lud er seine Sachen aus dem Auto. Es schneite, aber zum Skilaufen reichte es noch nicht.

Man bot Vatanen Kaffee an.

Der Hase beschnupperte die nach Wald riechenden Männer neugierig und ganz ohne Scheu.

»Wenn Kaartinen den sieht, opfert er ihn bestimmt«, sagte einer der Männer zu Vatanen.

»Das ist ein ehemaliger Lehrer, ist im Süden wohl auch mal Pastor gewesen. Er hat die Angewohnheit, Tiere zu opfern.«

Wie sich herausstellte, war dieser Kaartinen noch ein recht junger Mann, ein Skilehrer aus Vuotso. Er pflegte im Frühwinter, außerhalb der Saison, auf Skiern durch die Gegend zu streifen, sein Quartier hatte er in der kleinen Hütte von Vittumaisenoja, am Schweinebach, in der Nähe von Läähkimäkuru.

Die Männer blieben am Feuer sitzen, während Vatanen sein schweres Gerät schulterte, einen Blick auf die Karte warf und sich in den Wald begab. Der Hase hoppelte munter hinterher.

Bis zur Hütte waren es etwa dreißig Kilometer. Weil die Schneedecke noch zu dünn war, trug Vatanen seine Skier auf der Schulter; sie schlugen gegen die Äste und behinderten ihn.

Es wurde früh dunkel, und Vatanen mußte im

Wald übernachten. Er fällte eine Kiefer, baute sich daraus einen Unterstand, machte für die Nacht ein Lagerfeuer und briet sich eine Scheibe Rentierfleisch. Der Hase suchte sich im Unterstand einen Schlafplatz, und bald legte sich auch Vatanen nieder. Große Schneeflocken schwebten ins Feuer und vergingen zischend in den Flammen.

Vatanen mußte auch noch den ganzen folgenden Tag laufen, bevor er ans Ziel kam und sagen konnte: »Die Hütte von Läähkimäkuru.«

Müde lehnte er die Skier an die Wand und trat ein. Es war eine der üblichen Unterkünfte der Rentierleute, schon vor langer Zeit gebaut. Im letzten Winter hatte man auf einer Schneekatze Bretter, Nägel, Rollen aus Teerpappe und einen Sack Zement hierher geschafft. Die Hütte bestand aus zwei Räumen, und die eine Hälfte war fast eingestürzt. Doch auch auf der besseren Seite mußte der Fußboden völlig erneuert werden.

»Zeit haben wir ja, notfalls bis Weihnachten«, sagte Vatanen zu sich selbst. Zum Hasen sagte er: »Du solltest dein Winterfell anlegen. Wir sind schließlich nicht mehr in Heinola. Mit deiner braunen Farbe holt dich noch der Hühnerhabicht.«

Vatanen nahm den Hasen auf den Arm und untersuchte sein Fell. Unter den Haaren, die sich leicht auszupfen ließen, war deutlich die Winterfarbe zu erkennen. Gut, dachte Vatanen und setzte seinen zottigen Freund auf die Erde.

Er beeilte sich nicht sonderlich mit dem Beginn der Arbeit, sondern streifte erst einmal ein paar Tage umher, sah sich die Umgebung an und schaffte Brennholz herbei. Abends machte er im Schein der Laterne einen Plan für die Reparaturarbeiten.

An einer sandigen Stelle in der Nähe begann er zu graben und fand unter dem Schnee eine große Menge feinen Kies; er baute aus Brettern einen Trog, um auch bei Frost Mörtel anrühren zu können. Doch zuallererst mußte der arg zerfallene Herd repariert werden – schließlich brauchte man Wärme in der Hütte. Der Schornstein, der in ebenso schlechtem Zustand war, mußte dringend neu verputzt werden. Doch das würde schwierig werden, denn bei Frost wird der Mörtel nicht fest, sondern gefriert.

Tief in den Wäldern hat man viel Zeit, und Vatanen beschloß, sich dies bei den Reparaturen zunutze zu machen. Er umgab den Schornstein auf dem Dach mit einer Art Zelt. Dann machte er darunter eine Öffnung in Zwischendecke und Außendach, so daß die warme Luft aus der Hütte in das Zelt strömen konnte. Mit Hilfe einer Leiter brachte er warmen Mörtel aufs Dach und konnte so den Schornstein reparieren.

Eines Tages kamen zwei skilaufende Rentierzüchter zur Hütte – inzwischen lag so viel Schnee, daß man besser auf Skiern als zu Fuß vorwärts kam. Die Männer wunderten sich über den seltsamen Aufbau der Hütte, und keiner der beiden konnte sich vorstellen, wozu das Zelt auf dem Dach diente. Hatte die merkwürdige Dachkonstruktion schon ihre Neugier erweckt, so staunten sie noch mehr, als sich die Tür der Hütte öffnete und ein Mann mit einem schweren, dampfenden Eimer heraustrat. Er war so in seine Arbeit vertieft, daß er die beiden auf ihre Skistöcke gestützten Männer nicht bemerkte. Er trug den Eimer zur Leiter und begann sie zu erklimmen, auf jeder zweiten Sprosse ruhte er sich aus.

Oben angelangt, verschwand der Mann im Inneren des Stoffzelts und blieb gut fünfzehn Minuten darin. Schließlich kam er wieder zum Vorschein, klopfte den Eimer an der Dachrinne aus und stieg die Leiter hinunter.

»Guten Tag«, sagten die Männer.

Sie schnallten die Skier ab und begaben sich dann alle drei in die Hütte. Mitten im Raum stand Vatanens Mörteltrog, Bretter und anderes Baumaterial lagen herum. Jetzt erkannten die Rentierzüchter, daß er Herd und Schornstein reparierte und weiter nichts Außergewöhnliches tat.

Im Herd brannte ein Feuer, was die Reparaturarbeiten nicht störte, schließlich trocknete der aufgetragene Mörtel im Warmen besser. Die Gäste kochten sich Kaffee und erzählten, sie wollten die letzten Tiere für die Auswahl zusammentreiben, etliche Herden hätten sich in den Hügeln verstreut. Nach dem Bau des Stausees von Lokka hätten sich die Weideflächen verkleinert. Das System sei durcheinandergeraten und die Arbeit mit den Tieren jetzt schwieriger als vorher.

Die beiden waren bereits in der Hütte von Vittumaisenoja gewesen, sie erzählten, Kaartinen habe dort gehaust.

Die Männer blieben über Nacht. Als sie fort waren, setzte Vatanen seine Arbeit auf dem Dach fort, und nach ein paar Tagen hatte er den Schornstein soweit fertig, daß der die nächsten Jahrzehnte überdauern konnte. Als der Mörtel getrocknet war, baute Vatanen das Zelt um den Schornstein ab. Dann fegte er den Schnee vom Dach und begann, neue Teerpappe auf die alte, abgenutzte zu nageln. Bei dem strengen Frost war die Pappe steif und ließ sich kaum verarbeiten, ohne zu brechen. Vatanen mußte siedendes Wasser auf das Dach tragen, das er, auf dem First stehend, über die Pappe goß. Das heiße Wasser taute sie auf, so daß Vatanen, wenn er sich beeilte, sie glattlegen und fest annageln konnte.

Es war ein sehenswertes Schauspiel: Das siedende Wasser dampfte in der eisigen Luft, die ganze

Umgebung hüllte sich in Dampf, der hoch in den klaren Himmel stieg. Von fern glich die Baustelle einem Dampfkraftwerk oder einer altmodischen Lokomotive. Vatanen auf dem Dach sah aus wie ein Maschinist, der in der Kälte versuchte, eine große Maschine in Gang zu setzen, die Hammerschläge hörten sich an wie das Anspringen eines Motors. Aber es war ja nur eine Hütte, und so setzte sie sich auch nicht in Gang. Als sich Vatanen einmal aufrichtete und wartete, daß sich die Dampfwolken verzogen, fiel sein Blick zufällig auf die Rückwand der Hütte. Spuren führten von dort ins Dickicht bei der Schlucht. Jemand trieb sich also in der Nähe herum.

Vatanen stieg vom Dach, holte sein Gewehr mit Zielfernrohr und kletterte wieder nach oben. Jetzt war der Dampf weg, und durch das Diopter konnte man gut sehen. Vatanen legte die Waffe an und fixierte lange die gegenüberliegende Seite der Schlucht, allerdings mußte er zwischendurch die Augen ausruhen. Als sie zu tränen anfingen, senkte er die Waffe.

»Es kann nichts anderes sein als ein Bär.«

Vatanen kehrte in seine Behausung zurück, rief den Hasen herein und kochte sich etwas zu essen. Er dachte: Jetzt habe ich einen Bären zum Nachbarn.

Der Hase bewegte sich geräuschlos durch die

Hütte. Das tat er immer, wenn er spürte, daß sein Herr ernsthaft nachzudenken hatte.

Am nächsten Morgen durchquerte Vatanen auf Skiern die Schlucht und untersuchte die Spuren. Der Hase beschnupperte sie und begann vor Furcht zu zittern. Kein Zweifel, dort war ein Bär gewesen, ein großer noch dazu. Vatanen folgte den Spuren bis zu einem baumlosen Hang, dahinter verschwanden sie in einem dichten Gehölz. Vatanen lief im weiten Bogen um den Wald herum, ohne weitere Spuren zu finden. Der Bär hielt sich also noch dort auf. Wahrscheinlich hatte er sich im Dickicht eine Höhle gebaut und schlief seelenruhig.

Vatanen lief in den Wald hinein, er lockte den Hasen mit leiser Stimme, doch der wagte nicht zu folgen und blieb ängstlich zurück.

Der Bär war kreuz und quer gelaufen, vermutlich um sich einen geeigneten Schlafplatz zu suchen. Es war schwer auszumachen, wo er sich niedergelassen hatte. Vatanen mußte noch tiefer in den Wald. Schließlich entdeckte er unter einem Windbruch das Versteck des Bären. Es lag noch nicht viel Schnee auf der Höhle, schwacher, aufsteigender Dunst war zu erkennen. Hier schlief er also.

Vatanen kehrte lautlos um und lief zum Hang zurück, wo ihm der Hase fröhlich entgegenhoppelte.

Als Vatanen zur Hütte kam, fand er Besuch vor.

Fabrikgefertigte Tourenskier lehnten an der Wand. In der Stube saß ein forscher junger Mann in Skikluft. Er begrüßte Vatanen mit Handschlag, was in Lappland seltsam wirkt. Es war Kaartinen, von dem Vatanen schon so viel gehört hatte.

Kaartinen war sehr von dem Hasen angetan. Er wollte ihn unbedingt streicheln, und Vatanen mußte ihn bitten, es zu unterlassen, weil das Tier das nicht mochte. Obwohl der Hase in Vatanens Gegenwart sonst keine Angst vor Fremden hatte, schien er Scheu vor diesem Mann zu haben.

Kaartinen erzählte, er habe von der Hütte in Vittumaisenoja bis hierher nach Läähkimä eine zehn Kilometer lange Übungsloipe angelegt. Er holte aus der Brusttasche seines Anoraks mehrere Rollen Nylonschnur, rote und gelbe. Damit wollte er die Loipe für Touristen kennzeichnen. Wie er berichtete, wollte noch vor Weihnachten eine große Anzahl von Leuten Urlaub in dieser Gegend machen, das Außenministerium stehe dahinter. Es seien mehrere Dutzend hochgestellter Persönlichkeiten und auch Vertreter der Presse zu erwarten.

Er schlug Vatanen vor, ihm den Hasen zu verkaufen; zuerst bot er fünfzig Mark, dann hundert und zum Schluß zweihundert. Natürlich ging Vatanen nicht darauf ein, er geriet über das Angebot des Skilehrers fast in Zorn.

Kaartinen blieb über Nacht. Vatanen, dessen Gedanken um den Bären kreisten, lag lange wach, und als er endlich einschlief, war sein Schlaf um so fester.

Als Vatanen morgens erwachte, war er allein. Der Hase und Kaartinen waren verschwunden. Kaartinens Skier standen nicht mehr da. Frische Hasenspuren waren nicht zu sehen.

Wie konnte so etwas geschehen, warum? Vatanen sprang wutentbrannt auf seine Skier, schwang sich in Kaartinens Loipe, kehrte jedoch bald wieder um, holte das Gewehr aus der Hütte und machte sich abermals auf den Weg. Ihm fiel ein, was ihm die Männer von Tieropfern erzählt hatten. In wildem Tempo lief er zur Hütte von Vittumaisenoja.

Mit dampfendem Rücken kam er dort an. Er keuchte schwer, der Schweiß brannte ihm in den Augen, und schwarze Wut zerfraß ihm die Eingeweide. Am Bach stand ein prächtiges Blockhaus, das für mindestens hundert Leute Platz bot.

Vatanen löste mit einer schnellen Bewegung die Skier von den Füßen und riß die Tür auf, Kaartinen saß gerade am Fenstertisch und trank Kaffee.

»Wo ist der Hase?«

Kaartinen drückte sich an die Wand. Er starrte entsetzt auf Vatanen, der fest das Gewehr in der Hand hielt, und behauptete mit angstvoller Stimme, er wisse nichts von einem Hasen. Er sei morgens sehr früh aus der Hütte aufgebrochen und habe seinen Gastgeber, der sehr fest geschlafen habe, nicht wecken wollen.

»Das ist eine Lüge! Her mit dem Hasen und zwar sofort!«

Kaartinen flüchtete in eine Ecke.

»Was sollte ich mit ihm?« versuchte er sich zu verteidigen.

»Den Hasen her!« brüllte Vatanen. Als Kaartinen immer noch nichts zugeben wollte, geriet Vatanen völlig außer sich. Er schleuderte die Waffe auf den Tisch, erreichte Kaartinen mit einem Satz, packte ihn am Schlafittchen, hob ihn hoch und preßte ihn gegen die Wand.

»Und wenn du mich tötest, ich gebe ihn dir nicht«, brachte Kaartinen heraus. Vatanen wurde so wütend, daß er den Mann in die Mitte des Raumes schleuderte und ihm einen Kinnhaken gab, daß es krachte; der unglückliche Skilehrer fiel zu Boden. Es wurde still, nur Vatanens Keuchen war zu hören.

Und noch etwas: Aus der Küche drang gedämpftes Rascheln und leises Poltern. Vatanen ging hinaus und riß in der Küche die erstbeste Schranktür auf. Ein Hase mit zusammengebundenen Pfoten plumpste heraus. Der Hase von Vatanen!

Vatanen durchschnitt die Schnur mit dem Messer und kehrte mit dem Hasen im Arm in die Stube zurück, wo Kaartinen gerade dabei war, sich von dem Schlag zu erholen.

»Was soll das bedeuten?« fragte Vatanen drohend.

Kaartinens Bericht war lang und einigermaßen ungewöhnlich.

Er erzählte, er sei in streng religiösen Verhältnissen aufgewachsen. Die frommen Eltern hatten ihren Sohn zum Theologiestudium bestimmt. Der Sohn legte sein Abitur ab und ging anschließend auf die theologische Fakultät der Universität Helsinki. Doch die Studien dort befriedigten den empfindsamen Jüngling nicht. Sein Glaube an die lutherische Kirche entsprach nicht den Anforderungen, an ihm nagten Zweifel, die Wissenschaft blieb ihm sehr fremd. Der Gedanke, daß er eines Tages mit zweifelnder Seele einer Gemeinde das Wort Gottes verkünden müßte, ängstigte ihn. So brach er denn, ohne Rücksicht auf die religiösen Gefühle seiner Eltern, das Theologiestudium ab und schrieb sich im Seminar von Kemijärvi ein. Auch dort hatte er mit dem lutherischen Glauben zu tun, doch die Gegenwart Jesu Christi war nicht ganz so spürbar wie in Helsinki. Kaartinen wurde Volksschullehrer.

Schon zu dieser Zeit begann der Jüngling, in dessen empfindsamem Gemüt die unterschiedlichsten Weltbilder miteinander rangen, sein Ich mit Hilfe von Büchern zu suchen. Er begeisterte sich für das

Gedankengut von Tolstoi, und als dessen Reiz mit der Zeit verflog, widmete er sich den asiatischen Religionen, von denen ihn der Buddhismus am tiefsten beeindruckte. Er plante sogar eine Reise in die Gebiete Asiens, in denen diese Religion zu Hause ist, doch da seine Eltern seine Anschauungen nicht im mindesten billigten und ihm somit auch kein Reisegeld gaben, wurde seinen religiösen Gefühlen unter dem Zwang der Umstände vorerst ein Dämpfer aufgesetzt.

Auf seiner ersten und zugleich einzigen Lehrerstelle in Liminka entdeckte Kaartinen sein Interesse für den Anarchismus. Er bestellte für die Schulbücherei französischsprachige Werke zu diesem Thema und machte sich mit Hilfe eines Wörterbuches an die Lektüre. Er setzte so viele dieser Gedanken in die Tat um, daß ihn der Vorstand der Schule im zweiten Halbjahr von der Aufgabe des Schulleiters entband. Im Sommer danach wandte sich der ehemalige Lehrer vom Anarchismus ab und vertiefte sich mit Feuereifer in die Grundlagen des Fennismus. Er ackerte Dutzende von Werken durch, deren Verfasser auf das hehre fennomanische Ideal schworen; er beschloß den Sommer mit dem Studium der Vorgeschichte des finnischen Volkes. Je mehr sich Kaartinen mit der Gedankenwelt der Vorväter vertraut machte, desto überzeugter wurde er, daß er endlich gefunden hatte, was er in all den Jahren gesucht hatte: den Glauben der Vorväter, die wahre Religion, eines echten Finnen würdig.

In feurigen Worten erläuterte Kaartinen seine Religion, die er bereits seit Jahren ausübte. Eindringlich erzählte er von Wald- und Erdgeistern, vom Gott des Donners, von Opfersteinen, weisen Alten, Zaubersprüchen, Opfergaben. Er schilderte religiöse Bräuche und Rituale der Vergangenheit und gestand, er habe sich Opferriten seiner Stammväter von vor tausend Jahren zu eigen gemacht. Seitdem er als Skilehrer im Norden tätig sei, habe er das Gedankengut der finnischstämmigen Völker durch samische Elemente ergänzt, und alle diese Bräuche praktiziere er, wenn er tief in den Wäldern allein sei. In der Stadt sei das Ausüben der Religion nicht möglich, erklärte er.

Er erzählte weiter, er habe sich am Ufer eines kleinen Teiches in Vittumaisenoja mit der Motorsäge aus Baumwipfeln einen eigenen Fischgott gebaut, dem er außerhalb der Touristensaison diene. In der Mitte des Zauberkreises habe er aus Steinen einen Opferherd errichtet, auf dem er lebende Tiere zu opfern pflege, manchmal einen mit dem Netz gefangenen Unglückshäher oder ein in die Falle gegangenes Schneehuhn oder auch mal ein in Ivalo gekauftes Hündchen. Jetzt habe er ein wirklich freies Waldtier opfern wollen, eben diesen Hasen, und da Vatanen nicht bereit gewesen sei, ihm das Tier zu verkaufen, sei ihm, Kaartinen, nur eine Möglichkeit geblieben, seine Götter zu besänftigen: den Hasen zu entwenden. Er habe ein erfülltes Leben und spüre, daß die alten Götter mit ihm zufrieden seien und daß es keine anderen Götter gebe. Einen Seelenfrieden von ebenso wunderbarer Art wünsche er auch Vatanen, ja er schlug ihm vor, sie sollten den Hasen gemeinsam den Göttern opfern.

Nachdem sich Vatanen die lange Geschichte einer religiösen Erweckung angehört hatte, erklärte er, er sei bereit, das Geschehene zu vergessen, nahm Kaartinen jedoch das Versprechen ab, dem Hasen künftig fernzubleiben, besonders in religiöser Hinsicht.

Als Vatanen am Abend in Begleitung des Hasen langsam zu seiner Hütte zurücklief, war Kaartinens sonderbare Welt aus seinen Gedanken verschwunden. Am Himmel schien der Halbmond, matte Sterne schimmerten. Vatanen besaß seine eigene Welt; hier konnte er in Frieden leben. Der Hase hoppelte lautlos wie ein Wegweiser vor dem Skifahrer her. Vatanen sang ihm ein Lied vor.

15. KAPITEL

Der Bär

Vatanen fällte in der Nähe der Hütte ein paar kräftige Kiefern, sägte sie in passende Stücke, hobelte daraus Balken zurecht und ersetzte die morschen Teile der Hütte. Eine prachtvolle neue Wand entstand.

Für den Hasen hatte er am Bach ein paar Espen gefällt und sie auf den Hof der Hütte geschleift. Daran nagte das anspruchslose Tier nun Tag für Tag herum. Es schien, als betätige auch der Hase sich als Schreiner, jedenfalls wurden die Espenstämme hell, als er die Rinde abgefressen hatte.

Eine Fensterscheibe war zerbrochen, Vatanen ersetzte sie. Er riß die Fußböden der Hütte auf und nagelte neue ein, zuvor schleppte er aufgegebene Ameisenhaufen herein, um den Raum zwischen Estrich und Dielen auszufüllen. Alles war ausgebessert. Die Hütte sah prächtig aus.

Seit Kaartinens Besuch war noch kein Monat vergangen, als Vatanen erneut Gäste bekam.

Zehn Soldaten auf Skiern erschienen vor der Hütte. Sie berichteten, sie seien vom Jägerbataillon Sodankylä. Der Leutnant, der die Gruppe anführte, erzählte beim Teekochen, in dieser Gegend werde in kurzer Zeit ein dreitägiges Manöver des Jägerbataillons stattfinden.

»Es kam auch für uns ziemlich überraschend. Vom Außenministerium wurde der Wunsch geäußert, ein Programm für die Lappland-Exkursion der ausländischen Militärattachés zu organisieren. Daraufhin hat der Generalstab ein Manöver angeordnet. – Verfluchte Ausländer! Fünfhundert Mann werden in diese Wildnis geschleift, damit sie für nichts und wieder nichts Hurra schreien.«

Der Leutnant bat Vatanen, ihnen die Hütte von Läähkimäkuru als Quartier für den Generalstab zur Verfügung zu stellen. Die Gäste des Außenministeriums würden in Vittumaisenoja wohnen, wußte er zu berichten.

»Dürfen wir also kommen?«

»Nur zu«, erwiderte Vatanen.

Zwei Tage vor dem offiziellen Manöverbeginn näherten sich zahlreiche Männer der Hütte. Unteroffiziere und einige Soldaten brachten auf einer Schneekatze Funkgeräte, Karten, Proviant, Zelte, Schilder der Einheiten her. Vatanen fragte, ob er von ihnen Skiwachs und Schweinefleisch kaufen könne, und der Offizier sagte: »Bedien dich nur.«

Am folgenden Tag kamen noch mehr Leute. In langen grauen Reihen glitten die Rekruten heran, die Jungs waren todmüde. Geländewagen dröhnten, Zelte erhoben sich rings um die Hütte, am Rand der Schlucht, eins sogar auf deren Grund.

Vatanen fürchtete, der Bär könnte von dem Lärm erwachen. Er hatte sich zwar vorgenommen, ihn nicht zu erwähnen, nun wandte er sich aber doch an den Major, der das Manöver leitete. Er sagte, wenn die Leute nicht bald in Richtung Vittumaisenoja verschwinden würden, könnte der Bär aufwachen, und er, Vatanen, könne dies nicht verantworten.

»Scheiß drauf, wer kann sich jetzt um einen einzelnen Bären kümmern? Lesen Sie mal das Buch von dem Pulliainen, Rentiermann, dann verstehen Sie, daß man vor einem Bären keine Angst zu haben braucht.«

Nachts herrschten mehr als zwanzig Grad Frost. Vatanen schlief unruhig. Er spürte, wie ihm der Hase seinen kurzen Atem ins Ohr blies, der Ärmste schien ebenfalls ganz nervös zu sein.

Es ereignete sich genau das, was Vatanen befürchtet hatte.

Gegen fünf Uhr morgens stürmten mehrere Rekruten in die Hütte, in einer Decke trugen sie einen ihrer Kameraden. Als das Licht brannte und alle überflüssigen Männer auf den Hof hinauskommandiert waren, sah man, was geschehen war.

Der Rekrut war über und über mit gefrorenem Blut bedeckt, seine rechte Hand war fast abgerissen. Der Bursche war bewußtlos, wohl vom Blutverlust. Der herbeigeholte Sanitätsfeldwebel verband den Soldaten und gab ihm eine Spritze gegen Tetanus. Draußen wurde ein Geländewagen gestartet; der Funker versuchte den Hubschrauber heranzuholen, aber der war fürs Außenministerium reserviert, und so wurde keine Starterlaubnis erteilt. Die Träger wischten sich ihre blutigen Hände an den Hosenbeinen ab.

Der Verletzte wurde in Decken gehüllt und in den Geländewagen gehoben, der mit ihm durch den dunklen Wald zur nächsten Landstraße holperte. Dann ertönten Schüsse. Vatanen ging hinaus und rief in die Schlucht, aus der die Schüsse kamen: »Schießt nicht im Dunkeln, ihr könntet jemanden treffen.«

Als es schließlich so hell war, daß man etwas sehen konnte, fuhr Vatanen auf Skiern in die Schlucht. Die Rekruten erzählten ihm, wie sich alles zugetragen hatte.

Der Kamerad, der das Feuer bewachen sollte, hatte gegen Morgen im Schein der Taschenlampe die Bärenspuren untersucht. Obwohl der Posten es ihm untersagt hatte, war er in den Wald gelaufen. Kurze Zeit später sah der Posten, daß die Taschenlampe im Wald erlosch, dann hörte er lautes Knacken und Schreien, dann nichts mehr. Als die Zeltbesatzung mit Lampen aufbrach, um dem Kameraden zu helfen, kam ein großer schwarzer Bär mit einem hellen Kranz um den Hals aus dem Wald gestürmt. Er wirbelte Schnee auf die Männer und flüchtete dann in die Dunkelheit.

Im Quartier diskutierten die Offiziere den Fall und berieten über die Situation. Man stellte gelassen fest, daß es weder im Krieg noch im Manöver auf einen Mann ankomme. Der Major beschloß, das Manöver genau nach Plan zu beginnen. Die Zelte in der Nähe der Hütte wurden abgebaut. Die Rekruten liefen in schweigenden Reihen nach Vittumaisenoja, wo sie am nächsten Tag vor den ausländischen Militärattachés eine Kampfprobe darbieten sollten.

Aus Vittumaisenoja kam ein Funkgespräch. Der Vertreter des Außenministeriums hatte erfahren, daß man in Läähkimäkuru einen Bären gesichtet hatte. Der Beamte sagte, die Attachés und ihre Gattinnen zeigten für das Tier ein außerordentliches Interesse.

»Wir wünschen ihn zu sehen. Unsere Absicht wäre, den Bären zunächst anzuschauen, zu filmen und zu fotografieren, und dann möchten wir ihn erlegen. Können Sie das organisieren?«

Der Major, der das Gespräch entgegennahm, riet davon ab. Er erzählte, der Bär sei gefährlich und habe in den frühen Morgenstunden fast einen Mann getötet.

Der Beamte des Außenministeriums wies die Warnungen zurück. Er sagte, schließlich besäßen die Militärattachés gute Waffen und könnten auch damit umgehen. Sie seien allesamt Offiziere im Rang eines Oberst, die Befürchtungen des Majors seien vollkommen überflüssig.

»Aber in Finnland hat der Bär im Winter Schonzeit«, versuchte der Major einzuwenden.

»Das haben wir berücksichtigt. Wir haben beim Landwirtschaftsministerium angefragt, und als wir erzählt haben, daß der Bär gegen einen Ihrer Rekruten gewalttätig geworden ist, hat man uns die Abschußgenehmigung erteilt.«

Der Major mußte einwilligen. Er schickte einen Geländewagen, der die Militärattachés nebst Gattinnen zur Bärenjagd abholen sollte. Gegen Abend traf eine buntgemischte Gesellschaft ein, darunter die Militärattachés von Schweden, Frankreich, den USA und Brasilien sowie die Gattinnen des Schweden und des Amerikaners.

»Herrlich, einen von diesen schwarzen Eisbären

töten zu dürfen«, freute sich die amerikanische Gattin.

Die Gesellschaft konnte die bevorstehende Bärenjagd kaum erwarten, mußte aber wohl oder übel in der Hütte übernachten.

Der Kommandoraum mit dem Funkgerät mußte zur Nacht für die Damen geräumt werden. Verdrossen verzog der Major sich in ein Zelt, um von dort aus das Manöver zu leiten.

Die Rekruten mühten sich schimpfend am Feuer ab, um für die Gattinnen Waschwasser heiß zu machen. Zwei Suppenkessel wurden ausgespült und übergeben, damit sich die Damen ihre unteren Partien einigermaßen reinigen konnten. Beide Kessel wurden säuberlich mit großen Handtüchern bedeckt.

»Spiegel und Nachttopf, verdammt, das haben wir vergessen«, sagte plötzlich der Funkoffizier.

Man löste das Problem, indem man den Damen zwei Milchkannen ins Zimmer stellte; der Vertreter des Außenministeriums wurde damit beauftragt, ihre Bestimmung zu erläutern. Als die Damen die Milchkannen erblickten, riefen sie entzückt: »Die finnische Armee ist vorzüglich ausgerüstet! Unter Feldbedingungen sind diese Toiletten wirklich praktisch. Wie ist es möglich, daß die Armeen unserer Länder nicht auch dergleichen haben?«

Als dann noch beide Rückspiegel des Geländewagens abgeschraubt und den Damen übergeben waren, konnte der Beamte des Außenministeriums zufrieden aufseufzen: Alles war geregelt, trotz der primitiven Umstände.

Am Morgen wurden zwei Rekruten abkommandiert, um die von den Damen nachts benutzten Milchkannen auszuleeren. Sie trugen die Gefäße mit ernster Miene hinaus, schleuderten sie schnell weit weg in den Schnee, wo sie umkippten. Die Rekruten ekelten sich und mußten doch lachen.

»Maul halten, los, wascht sie aus!« rief ihnen der Major von der Treppe zu. »Und zwar so sauber, daß sich das Tageslicht darin spiegelt!«

Die Bärenspuren waren leicht zu finden. Die Gesellschaft wurde zu einer langen Schlange formiert. Vatanen lief vorweg, den Spuren folgend. Als nächster kam der Hase, dann einige Offiziere und die übrige Gesellschaft. Vatanen war ziemlich sicher, daß diese Jagd erfolglos verlaufen würde, und das war ihm eigentlich ganz recht.

Nach einstündigem Skimarsch war die Gesellschaft in kleine Grüppchen auseinandergefallen, nur die Militärattachés, mit Ausnahme des brasilianischen Vertreters, konnten noch mit Vatanen mithalten. Die Frauen und alle anderen waren zurückgefallen und kochten wahrscheinlich Kaffee.

Nach einer weiteren Stunde gemächlicher Fahrt kam die große Überraschung.

Sie stießen auf den Ruheplatz des Bären, und das Tier war noch da! Es hatte sich eine Art Höhle gegraben und schien unter dem Schnee zu schlafen. Vatanen flüsterte es den Leuten, die nach ihm kamen, zu, die Nachricht wurde nach hinten weitergegeben. Wieder witterte der Hase die Gefahr, er hüpfte ängstlich um Vatanens Beine.

Die Männer begaben sich in Feuerstellung. Sie warteten nur noch auf die Frauen und den Rest der Gruppe, die eine halbe Stunde später völlig verschwitzt angestolpert kamen. Die Dame aus den USA setzte sich auf ihre Skier und zündete sich eine Zigarette an. Sie war erschöpft, die Wimperntusche lief ihr über die Wangen. Ein jämmerlicher Anblick, das war nicht zu leugnen. Ihre schwedische Mitschwester war zwar in besserer Verfassung, jedoch auch müde.

Vatanen setzte der Schwedin den Hasen auf den Arm und bat sie, sich einen Moment um das Tier zu kümmern. Dann näherte er sich der Höhle. Ein seltsames Gefühl überkam ihn, ihm wurde heiß in der Magengrube. Dort lag ein Bär, vielleicht bis aufs äußerste gereizt. Nie zuvor hatte Vatanen dergleichen getan, noch nie hatte er zum bloßen Vergnügen gejagt. Jetzt, wo er mitmachte, empfand er Scham und Furcht.

Vatanen brüllte, so schrecklich er konnte. Die Filmkamera begann zu surren.

Der Bär fuhr erschrocken auf, hatte die Situation jedoch sofort erkannt. Er sprang aus seiner Höhle und stürzte auf Vatanen los. Der schlug ihm den Gewehrkolben auf den Kopf, daß das Holz splitterte. Der Bär durchbrach die Kette der Männer und stürmte zu den Frauen. Zwei Schüsse fielen, ohne daß das Tier getroffen wurde.

Der Bär machte vor der Schwedin halt, stellte sich auf die Hintertatzen, als wollte er die Frau, die den Hasen an sich drückte, bestaunen. Er beschnupperte den Hasen und preßte dann die Frau an sich, so daß nun drei Wesen in einer Umarmung vereint waren. Der Hase und die Frau schrien vor Entsetzen gellend auf. Der Bär erschrak. Er stieß die Frau fünf, sechs Meter weit von sich, der Hase flog noch weiter. Dann ergriff er panikartig die Flucht.

Ein paar Schüsse wurden ihm hinterhergefeuert, einer davon schien zu treffen, denn der Bär brüllte auf und wandte sich nach seinen Feinden um, dann lief er schnell weiter und war bald außer Sichtweite.

Mehrere Rekruten machten sich an die Verfolgung, obwohl das aussichtslos war. Alle anderen scharten sich um die Schwedin, die im Schnee lag und hysterisch weinte. Kein Wunder, daß nach einem solchen Erlebnis die Tränen kommen.

Über Funk wurde ein Geländewagen bestellt. Ein paar Stunden später waren alle wieder im Quartier. Vor der Hütte stand der schwere Hubschrauber der Luftstreitkräfte bereit, man half den Damen beim Einsteigen. Die Schwedin hatte den Hasen die ganze Zeit im Arm gehalten. Sie hatte sein Fell naßgeweint und nahm ihn nun mit in den Hubschrauber.

Vatanen protestierte.

»Sie sind ein erwachsener Mann, lassen Sie doch der Frau das Tierchen. Sehen Sie nicht, wie erschüttert sie ist?« sagte der Beamte des Außenministeriums. »Das Ministerium wird Ihnen den Geldwert ersetzen. Sie können sich doch hier im Wald tausend neue Hasen zähmen, wenn Sie wollen.«

Vatanen war nicht bereit, auf seinen Hasen zu verzichten. Die Schwedin im Hubschrauber ließ ihm ausrichten, es sei undenkbar für sie, sich von dem Hasen zu trennen, mit dem zusammen sie die schrecklichsten Augenblicke ihres Lebens durchgemacht habe. Der Ministeriumsbeamte stand nervös unter den Rotoren des Hubschraubers und versuchte zu vermitteln, doch bei Vatanen fruchteten seine diplomatischen Fähigkeiten nicht, und er kam in den Verhandlungen keinen Schritt weiter.

Die Frau erklärte, sie könne das arme kleine Häschen unter keinen Umständen in dieser schrecklichen Wildnis den Raubtieren oder den Quälereien der finnischen Barbaren aussetzen.

Vatanen meinte, da die Dame in diesem Moment nicht auf den Hasen verzichten könne, der ihr nicht gehöre, würde sich die Sache vielleicht später klären.

»Also gut, dann kommen Sie auch mit«, seufzte der Beamte schicksalsergeben. »Eines muß ich Ihnen allerdings sagen: Sie sind ein selten kleinlicher Mensch.«

Die übrige Gesellschaft stieg in den Hubschrauber, die schwere Militärmaschine hob sich in die Luft und nahm Kurs auf Vittumaisenoja. Dort wurde ein Winterkrieg geführt, doch die ausländischen Militärattachés schenkten dem Manöver keinerlei Beachtung. Sie stiegen aus dem Hubschrauber und begaben sich sogleich in ihr Quartier, und die finnische Armee draußen schrie völlig umsonst.

16. KAPITEL

Das Festessen

Im großen Mannschaftsraum der Hütte von Vittumaisenoja war eine lange Tafel für ein festliches Essen hergerichtet: Der aus Sägebrettern gebaute Tisch war mit einem weißen Tuch bedeckt, die Delikatessen darauf waren eigens aus Helsinki herbeigeschafft worden. Ringsum standen Stühle für über zwanzig Personen. Auf dem Tisch, zwischen Schalen und Schälchen, prangten die Wimpel der Heimatländer aller ausländischen Attachés. Die Plätze an den beiden Stirnseiten waren für die Beamten des Außenministeriums und den Chef des Generalstabs bestimmt.

Die Bärentöterinnen zogen sich im Gästeteil der Hütte um und erschienen dann zum Essen, das mit Fischhäppchen begann. Vatanen bemerkte, daß bei den Generälen zwei Stühle leer geblieben waren, und da er Hunger hatte, setzte er sich auf den einen.

Der Beamte des Außenministeriums warf ihm einen wütenden Blick zu, sagte jedoch nichts. Der

Chef des Generalstabs, der neben Vatanen saß, grüßte militärisch.

Es gab Rosé und Weißwein, Vatanen nahm vom ersteren. Nach der kalten Vorspeise wurde Suppe serviert, eine aus Krabbenkonserven zusammengerührte Pampe. Sie schmeckte allerdings gut.

Bei Tisch wurden die Ereignisse des Tages besprochen. Die schwedische und die amerikanische Gattin mußten unaufhörlich Fragen zur Bärenjagd beantworten. Sie berichteten von ihren Erlebnissen, besonders die Schwedin, und die Zuhörerschaft stöhnte entsetzt auf, als von ihrem Mißgeschick die Rede war. Ihr Mut und ihr außergewöhnliches Glück wurden allgemein bewundert. Die Schwedin erzählte auch vom Hasen, der schon fast in Vergessenheit geraten war. Nun wurde er eilig herbeigeholt und ihr übergeben. Sie setzte das furchtsame Tier auf den Tisch und begann es zu streicheln.

»Nie im Leben werde ich mich von diesem herrlichen, mutigen Geschöpf trennen! Ich bin davon überzeugt, daß mich der Bär getötet hätte, hätte ich nicht dieses unschuldige, arme Tier im Arm gehalten.«

Der Stabschef fragte Vatanen, ob es stimme, daß der Hase ihm gehöre. Vatanen bestätigte es und flüsterte, daß er keineswegs gewillt sei, der Dame den Hasen als Schoßtier zu überlassen.

»Die Rückeroberung kann ein bißchen schwierig werden«, erwiderte der General leise.

Die Schwedin gab dem Hasen Salatblätter, die er notgedrungen fraß. Seine Kiefer arbeiteten wie eine Tretmühle. Ausrufe des Entzückens ertönten ringsum. Der Hase speiste gemeinsam mit den übrigen Teilnehmern des Jagdausflugs! Die Runde schäumte geradezu vor Begeisterung.

Der Trubel machte dem Hasen angst. Er ließ Kötel fallen und verstreute sie in reichlicher Zahl übers Tischtuch, ein paar fielen der Schwedin in die Suppe. Er machte einen Hüpfer, entkam dem Zugriff der Frau und hoppelte mitten über die Tafel, wobei er eine Kerze umriß und in seiner Angst hier und da zwischen den Speisen weitere Kötel hinterließ.

Die Gäste erhoben sich bestürzt, nur der General und Vatanen blieben sitzen. Als der General sah, daß der Hase auf ihn zuhüpfte, nahm er seinen Suppenteller auf den Schoß.

Vatanen packte den Hasen bei den Ohren und setzte ihn auf den Fußboden, dann floh das arme Geschöpf, so schnell es konnte, in eine Ecke. Die Gäste setzten sich wieder, und eine Weile herrschte Schweigen.

Die schwedische Gattin wirkte nervös. Mit der Linken befingerte sie ein Salatblatt, als wäre es eine Serviette, dann nahm sie ein paar Löffel von ihrer

Suppe, bis sie merkte, daß auf der Oberfläche Hasenkötel schwammen. Sie wurde noch unruhiger, starrte auf ihren Teller und schob dann die Kötel mit dem Löffel vorsichtig an den Rand, so wie manche Leute aus der Erbsensuppe die schwarzen Erbsen entfernen. Anschließend seufzte sie nervös und versuchte lustlos, von der Suppe zu essen, dann ließ sie plötzlich den Löffel aufs Tischtuch fallen, wischte sich den Mund mit dem Salatblatt ab und sagte verlegen: »Ach, ich bin wohl närrisch ... Könnte ich eine neue Suppe bekommen?«

Ihr Teller wurde gewechselt, die Hasenkötel sorgfältig vom Tisch aufgelesen, ein neues Tuch aufgelegt. Währenddessen wurde ein Glas Wermut gereicht.

Dann setzte man die Mahlzeit fort. Das Jagdthema wurde nicht mehr angeschnitten. Die schwedische Gattin ließ ihre neue Suppe unberührt. Sie starrte auf den Teller, machte ab und zu eine beiläufige Bemerkung zu ihrem Tischnachbarn. So kam man zum Hauptgericht; es war Hasenbraten, welch ein Zufall!

Der Braten war gut zubereitet, aber kaum einer ließ sich ein zweites Mal geben, die Situation war irgendwie kompliziert. Bald wurde das Dessert serviert, Multbeeren mit Schlagsahne, dann wurde die Tafel aufgehoben. Die Tischtücher wurden gewechselt, man trank nun Kaffee nebst Likör und Kognak. Erst in dieser Phase lockerte sich die Stimmung.

Draußen liefen Soldaten auf Skiern vorbei, mal in diese, mal in jene Richtung, und durch die dämmerige Landschaft dröhnten Geländewagen. Die Gäste schauten gelangweilt durchs Fenster, als wäre es ein Fernsehgerät, das man während eines nichtssagenden Programms vergessen hatte abzuschalten. Bald wurde es draußen ganz dunkel, es schien, als hätte das Gerät einen Defekt: Das Bild verdunkelte sich immer mehr, bis es ganz schwarz war. Nur die Geräusche blieben: Die Kampfrufe der Soldaten, das Knallen der Platzpatronen und das Dröhnen der Fahrzeuge drangen gedämpft in das Quartier, in dem die hohen Gäste leichthin über dieses und jenes plauderten.

17. KAPITEL

Das Feuer

Als sich Vatanen nachts neben dem Hasen und seinem Rucksack auf dem Fußboden des Mannschaftsraumes schlafen legte, kam der Beamte des Außenministeriums, um ihm mitzuteilen: »Soweit ich weiß, gehören Sie in keiner Weise zu den geladenen Gästen. Herr Vatanen – so war wohl Ihr Name –, ich schlage vor, Sie verschwinden mit Ihrem verfluchten Hasen und lassen sich nicht wieder hier blicken. Das wäre die beste Lösung für uns alle. Ich habe mit dem schwedischen Militärattaché gesprochen, und er ist derselben Meinung. Wie er sagte, ist seine Frau nicht mehr so erpicht auf den Hasen.«

Vatanen begann seine Sachen zusammenzusuchen.

»Mich wundert ein wenig, mit welcher Unverfrorenheit Sie sich an eine offizielle Festtafel setzen konnten. Haben Sie das absichtlich getan? Ihr Tier nehmen Sie jetzt mit. Es hat uns soviel Ärger eingebracht, wie Sie sich nicht mal im Traum vorstellen können.«

»Aber die Dame war doch der Meinung, sie könne ohne diesen Hasen nicht leben«, murmelte Vatanen.

»Verdammtes Vieh, deshalb haben wir ja die ganzen Scherereien. Erzählen Sie mir hier nichts von den Wünschen irgendeiner Dame. Machen Sie, daß Sie wegkommen! Ich gebe Ihnen hundert Mark, oder nehmen Sie meinetwegen zweihundert, ich habe die Nase voll.«

Vatanen nahm zwei Hunderter in Empfang und fragte: »Muß ich quittieren?«

»Verschwinden Sie jetzt, zum Teufel!«

Vatanen hatte seine Sachen gepackt und steckte den Hasen in den Rucksack, so daß nur der Kopf herauslugte. Bevor er den Raum verließ, streckte er dem Beamten die Hand hin, doch der zischte nur wütend. Draußen ging Vatanen zweihundert Meter auf einem Trampelpfad zu den Zelten der Rekruten. Er schlüpfte in ein Mannschaftszelt, um dort zu übernachten. Die erschöpften Männer kochten gerade Tee. Sie boten auch Vatanen welchen an, niemand stellte eine Frage. Der Zeltofen war geschwärzt, der verantwortliche Soldat legte feuchte Birkenscheite nach, die im Feuer knackten und knarrten.

Gegen Morgen gab es Alarm, aber niemand verließ das Zelt. Einer der Soldaten holte Spielkarten hervor. Vatanen wurde aufmerksam und sagte, er mache den Einsatz, wenn sich Mitspieler fänden.

Er legte seine zweihundert Mark auf die Decke, erklärte, woher sie kamen, und das ganze Zelt begann offenen Poker zu spielen. Nach einer Stunde war das Geld verteilt. Ein Soldat, der inzwischen draußen gewesen war, wußte zu berichten, daß eine Diplomatengattin am Vorabend Suppe aus Hasenscheiße gegessen habe.

Dann wurde befohlen, die Zelte bis sechs Uhr abzubauen.

Niemand machte Anstalten, diesen Befehl auszuführen. Draußen schien ein nächtlicher Angriff im Gange, die Männer im Zelt beteiligten sich an der Kampfübung, indem sie aus Leibeskräften Hurra schrien. Der Krieg ging weiter, Geräusche von Fahrzeugen waren zu hören, irgendwo ertönte müde ein Feuerbefehl.

Gegen neun Uhr verließ Vatanen das Zelt. Es war noch ziemlich dunkel, doch die Kriegshandlungen im Gelände waren inzwischen so heftig geworden, daß man das Lagerleben beenden mußte. Trotzdem wurde das Zelt noch nicht abgebaut.

Das war auch gut, denn die Hütte von Vittumaisenoja stand in Flammen, das Feuer war bestimmt schon vor ein paar Stunden ausgebrochen. Eben barsten unter dem Luftdruck die Fenster, und die

Scherben fielen in den Schnee. Militärs nebst Gattinnen kamen in Unterwäsche aus dem großen Blockhaus gestürzt, das Geschrei war groß. Leuchtraketen wurden abgeschossen, der Krieg der Rekruten rückte in den Hintergrund.

Vatanen hängte seinen Rucksack samt Hasen an einen Ast und rannte zum Blockhaus. Drum herum standen Menschen, in Decken gehüllt. In verschiedenen Sprachen beklagten sie die Situation. Die Hütte brannte lichterloh. Das Feuer schien in der Küche ausgebrochen zu sein, über der soeben das Dach einstürzte.

Der Generalstabschef gab mitten in dem Chaos mit lauter Stimme Befehle. Er trat von einem Bein aufs andere, denn er stand auf Strümpfen im Schnee, trug nur seine Uniformhose und keinen Waffenrock. Trotzdem wußten alle, daß er der General war.

Aus dem Gästeflügel der Hütte kamen weitere Menschen gestolpert, darunter ein paar Frauen. Vatanen erkannte mehrere von ihnen, besonders eine, die schwedische Gattin, die durch den Rauch auf den frostigen, schneebedeckten Vorplatz geführt wurde. Sie war nackt, weinte bitterlich, ihre Silhouette zeichnete sich klar vor den lodernden Flammen ab; sie sah sehr schön aus, wie sie da, von zwei Soldaten gestützt, durch den Schnee schritt, dann aber wurde eine Decke über sie geworfen. Die Hütte war jetzt ein einziges Flammenmeer, die Soldaten versuchten mit Schnee zu löschen, einer fluchte, weil ihm fast der Helm zerschmolz.

Auch der Hubschrauber, der auf dem Vorplatz stand, drohte Feuer zu fangen. Der General schrie, wo die Piloten seien, man solle den Hubschrauber wegschaffen. Ein nackter Mann lief zur Maschine, verbrannte sich die Finger an der Luke, gelangte aber schließlich hinein, kurbelte das Fenster herunter und schrie: »Der Motor ist zu kalt, ich kann noch nicht starten!«

Der nackte Oberkörper des Mannes hing aus der Luke, Funken der brennenden Blockhausruine prasselten gegen das glühendheiße Blech der Maschine wie Tannenzapfen im Sturm. Die Luke schloß sich erst, als der General schrie: »Hoch mit dem Ding, aber sofort!«

Der Beamte des Außenministeriums, auch er nur spärlich bekleidet, lief auf dem Hof herum und fragte die Rekruten, ob er von ihnen Mäntel und Schuhe leihen könne. Bald hatte er den Arm voller Kleidungsstücke und Stiefel, legte sie in den Schneematsch und machte sich daran, die nackten, in Decken gehüllten Damen einzukleiden. Eine bekam Stiefel, eine andere nur Strümpfe; Waffenröcke und Filzjoppen wurden ihnen um die Schultern geworfen, bis sie an Bienenköniginnen erinnerten, über ihre weißen Hälse stülpte man Armee-Tarnkappen.

Die sechste Kompanie des Jägerbataillons stürmte heran, und die erschöpften Männer machten am Rande des Vorplatzes Halt, auf dem der Schnee taute. Ein Offizier schrie einen Befehl, doch die Soldaten stellten sich im lockeren Halbkreis um die brennende Hütte auf. Ihre schmutzigen Skianzüge leuchteten rot im Schein des lodernden Feuers, die schwarzen, vom Frost gezeichneten Gesichter wirkten maskenhaft starr; die Hütte schien von einer Kette junger, lautloser Mumien eingekreist. Jemand fragte nach Streichhölzern, und ein Feuerzeug machte bei den Soldaten die Runde, die sich auf ihre Skistöcke stützten.

Der schwere Armeehubschrauber startete. Der Ort wurde von lautem Geknatter, dann von Gedröhn erfüllt, und die großen Rotoren von fünfzehn Metern Durchmesser durchpflügten langsam die rauchige Luft. Der General rannte gebückt zur Kanzel, um dem Piloten durch Zeichen zu bedeuten, er solle noch Leute mitnehmen. Der Beamte des Außenministeriums erkannte die Situation und führte die Frauen zum dröhnenden Hubschrauber. Vatanen nahm seinen Rucksack vom Ast und redete beruhigend auf den Hasen ein. Der war außer sich, denn zu lange hatte er bei all dem Getöse und Durcheinander hilflos am Baum gehangen.

Vatanen warf sich den Rucksack über die Schulter und kehrte zur Brandstätte zurück. Der Hase schrie, unternahm jedoch keinen Fluchtversuch – die Schnüre hinderten ihn ohnehin daran.

Der Ministeriumsbeamte geleitete die Damen unter den laufenden Rotoren zur Luke, sie wurde geöffnet, und die weiblichen Hinterteile, die in dicker Rekrutenkleidung steckten, wurden hineingeschoben. Der Pilot und der Funker, beide splitternackt, halfen dabei, der General zündete sich unterdessen eine Zigarette an. Vatanen beschloß, ebenfalls beim Beladen der Maschine zu helfen. Er sprang hinein und zog die Leute, die einsteigen wollten, nach oben. Der Pilot sagte zu ihm: »Jetzt müssen wir los, keinen einzigen Passagier mehr. Luke zu, Leutnant.«

Leutnant!

Vatanen wollte hinausklettern, doch der nackte Funker packte ihn fest am Arm, verriegelte die Luke und stülpte sich die Kopfhörer über:

»OH 226, OH 226 ... Starten mit Ziel Garnisonslazarett Sodankylä, bitte kommen.«

An den Fenstern perlten Wassertropfen, und als Vatanen eine Scheibe abgewischt hatte, sah er, daß die schweren Rotoren immer schneller wurden und dem Feuer neue Nahrung gaben. Haushohe Flammen stiegen auf und ließen die einstürzenden Balken der Hütte so hell erglühen, daß sie im fahlen Morgenlicht wie bengalische Feuer leuchteten. Dann hob die Maschine ab.

Der General gab dem Piloten vom Boden aus Signale, die gleichen, wie sie beim Landen von Linienmaschinen auf dem Flugplatz üblich sind: Er breitete die Arme aus und schloß sie über dem Kopf. Die anderen auf dem Vorplatz traten zurück, die Passagiere der Maschine bekamen vom Dröhnen der Motoren taube Ohren. Bald wurde der General mit seinen Hosenträgern immer kleiner, ebenso die lodernde Hütte. Die Maschine stieg so hoch, daß die Sonne hereinschien.

Welch ein Schauspiel!

Vatanen nahm den Rucksack auf den Schoß, hielt die Nase des Hasen ans Fenster und zeigte ihm den prachtvollen Ausblick.

»Sieh mal, Kleiner, sieh nur!«

Der Hase schaute, er mümmelte und drückte sich dann an seinen Herrn; die Hinterläufe im Rucksack zuckten und krümmten sich, er rollte sich wie ein Embryo zusammen und schlief ein.

Plötzlich flammte im Hubschrauber helles Licht auf: Die Tür zur Kanzel öffnete sich, ein nackter Mann trat ein und sagte zu den Passagieren: »Wir fliegen nach Sodankylä, Flugzeit zwölf Minuten. Ich bitte Sie, Ruhe zu bewahren. Und dann ... Wenn mir einer ’n paar Klamotten geben könnte.«

Man gab ihm die erstbesten Kleidungsstücke, die sich zufällig fanden, und die ähnlich zufällig in die Maschine geratenen Passagiere, etwa zwanzig Personen, begannen einander zu mustern oder schauten aus den Fenstern. Vatanen sah, daß ihm gegenüber zwischen zwei Frauen eingezwängt der Beamte des Außenministeriums saß. Er genierte sich offenbar. Als der Beamte nun ebenfalls sein Gegenüber erkannte, sagte er leise und resigniert: »Sie sind ja auch schon wieder hier, ich hätte’s mir denken können.«

Er hatte nichts an den Füßen und fror. Vatanen zog seine Schuhe aus, gab sie ihm und sagte: »Nehmen Sie diese. Sie brauchen sich nicht zu genieren.«

Als die Nachbarin des Beamten, die Gattin des USA-Militärattachés, den Hasen sah, zeigte sie mit dem Finger auf ihn und sagte honigsüß: »Ein allerliebstes Geschöpf! Und immer dabei! Darf ich es streicheln?«

Der Hubschrauber flog jetzt direkt auf die Sonne zu, die schneebedeckten Wälder unter ihm; wenn man sich vorbeugte, konnte man über Sompio noch dicken Rauch erkennen. Als sie Läähkimäkuru überflogen, sah Vatanen die Spuren der Bärenjagd. In der Nähe von Sodankylä glaubte er in der Tiefe einen einsamen Wanderer zu erkennen, der schon einen langen Weg hinter sich hatte. Die Spuren wirkten von oben wie die einer Maus, doch ihr Verursacher war schwarz von Gestalt, und er trabte jetzt nach Südosten. Vatanen blickte so lange nach unten, bis seine Augen tränten, und er war überzeugt, dies konnte nur der Bär von Läähkimäkuru sein.

Vatanen sagte nichts, wischte sich die Augen und streichelte den Hasen. Die rauchenden Schornsteine von Sodankylä kamen in Sicht.

18. KAPITEL

Nach Helsinki

Der Hubschrauber landete auf dem Gelände des Garnisonskrankenhauses von Sodankylä. Es war ein herrlicher Anblick, als die unvollständig bekleidete Diplomatenschar auf den schneebedeckten Hof kletterte! Ein Arzt kam ihnen entgegen und begrüßte jeden, auch Vatanen, mit Handschlag. Die Gäste wurden zur Untersuchung in das Krankenhaus geführt.

Als letzter kletterte der nackte Pilot heraus. Er versteckte sich hinter der Maschine, und als er sah, daß der größte Teil der Frauen im Krankenhaus verschwunden war, rannte er ins benachbarte Wirtschaftsgebäude. Der Arzt ließ ihm Kleider bringen, damit war für ihn der Fall erledigt.

Vatanen saß samt Hasen und Rucksack im Wartezimmer. Zivilbekleidung wurde hereingebracht, auch Schuhe und Unterwäsche, alles stammte aus einem Lieferwagen des Kaufhauses Mannermaa. Der Kleiderberg im Wartezimmer wuchs, und jeder konnte sich heraussuchen, was er brauchte, und die Stücke anprobieren.

Der Beamte des Außenministeriums suchte sich passende Schuhe und gab Vatanen die geliehenen mit Dank zurück.

Als Vatanen wieder die eigenen Schuhe an den Füßen hatte, verließ er das Wartezimmer, der Lieferwagen des Warenhauses nahm ihn bis ins Zentrum des Ortes mit. Der Fahrer hatte im Radio die Nachrichten gehört und ging Vatanen mit seinen Fragen auf die Nerven.

Der hatte genug von den Ereignissen der letzten Tage, er nahm sich ein Zimmer im Hotel und rief den Rentierzüchter in Sompio an.

»Die Hütte von Läähkimäkuru ist hoffentlich nicht auch abgebrannt?« fragte der.

»Nein. Hör zu, komm her und zahl mir den Lohn für die Reparatur der Hütte aus, ich glaube, ich haue besser ab, es war etwas unruhig in dieser Gegend.«

»Kann ich mir denken. Ich bring dir das Geld.«

Der Hase sah nicht gesund aus. Er lag apathisch im Rucksack, und als Vatanen ihn freiließ, sprang er lustlos aufs Bett und schloß die Augen.

Vatanen rief den Tierarzt an und fragte ihn, was dem Tier fehlen könnte. Der Arzt kam selbst, um den Hasen zu untersuchen, konnte aber nichts Genaues feststellen.

»Bei dieser Art gezähmter Wildtiere geschieht es oft, daß sie plötzlich ohne besonderen Grund sterben. Dies könnte so ein Fall sein. Der einzige Ort, an dem sich etwas für Hasen tun ließe, wäre das Staatliche Veterinärmedizinische Institut. Man könnte dort Proben entnehmen. Aber bloß wegen eines Hasen können Sie natürlich nicht dort hinreisen. Ja, und außerdem wird dort keine Privatbehandlung durchgeführt.«

Da der Hase so schlecht aussah, beschloß Vatanen, sein möglichstes für ihn zu tun. Er verkaufte dem Rentierzüchter seine Ausrüstung, die er in Läähkimäkuru zurückgelassen hatte, samt Skiern und allem Drum und Dran. Dann nahm er ein Taxi nach Rovaniemi und flog nach Helsinki. Vom Flugplatz Seutula fuhr er zum Staatlichen Veterinärmedizinischen Forschungsinstitut.

Vatanen lief durch die Gänge des Instituts, ohne daß ihn jemand beachtete. Endlich war er an einen Ort gelangt, an dem man einen Mann nicht verwundert anstarrte, nur weil er einen Hasen auf dem Arm trug.

Er fand ohne Mühe das Zimmer eines Professors, drückte auf die Klingel an der Tür, und als die grüne Lampe aufleuchtete, trat er mit dem Hasen ein.

Hinter dem Tisch saß ein weißbekittelter, etwas schmuddeliger Mann und blätterte in Papieren. Er stand auf, gab Vatanen die Hand und bot ihm einen Platz an.

Vatanen sagte, er brauche Hilfe, oder vielmehr der Hase, denn der sei krank.

»Wen haben wir denn da, was fehlt ihm denn?« sagte der Professor und nahm den Hasen auf den Arm. »Ich glaube, er hat irgendeinen Parasiten. Ist er vielleicht mit Ausländern in Berührung gekommen, oder hat er ungewaschenes Gemüse gefressen?«

»Das ist gut möglich.«

»Wir müssen eine Blutprobe entnehmen, dann wissen wir mehr.«

Der Professor schrieb eine Anweisung auf ein gelbes Blatt Papier, übergab es Vatanen und fügte hinzu: »Er kommt doch von Evo, oder?«

Vatanen nickte.

Er ging ins Labor, lieferte den Schein bei einem Laboranten ab, der ein paar Injektionsnadeln holte und dem Hasen zwei, drei Proben entnahm. Dieser zuckte dabei heftig. Das Ergebnis werde in zwei Stunden vorliegen, versprach der Mann.

Vatanen ging inzwischen essen, der Hase durfte solange im Institut bleiben. Nach zwei Stunden bekam Vatanen außer dem Hasen etliche Papiere überreicht, eine Art Krankenbericht, mit dem er zum Professor ging. Der sagte, er habe gleich eine Darmgeschichte vermutet. »Die ist mit zwei Spritzen behoben, ich schreibe einen Schein aus und gebe Ihnen alles mit nach Evo.«

Der Hase wurde geimpft, und Vatanen erhielt für ihn weitere Einwegspritzen.

»Feierabend«, sprach der Professor und zog seinen Arbeitskittel aus. Es war siebzehn Uhr.

»Ich fahre in die Stadt, Sie können mitkommen, falls Sie kein Auto haben«, sagte der schmuddelige Mann freundlich. Vatanen stieg zum Professor ins Auto und fuhr mit ihm Richtung Stadtzentrum.

»Geben Sie ihm zwei Tage lang klares Wasser und sonst nichts. Dann füttern Sie ihn wie üblich. Er ist bald wieder gesund. Ich fahre sie gleich zum Bahnhof. Sie sind doch mit dem Zug gekommen?«

Vatanen konnte nicht umhin zu sagen: »Ich bin geflogen.«

Der Professor war erstaunt und lachte dann: »Aber zum Wildforschungsinstitut Evo fliegt doch gar kein Flugzeug.«

»Ich komme ja auch aus Rovaniemi, vorher war ich in Sodankylä.«

»Dann sind Sie gar nicht von Evo?« fragte der Professor verwundert. »Aber Sie müssen von dort sein!«

Vatanen begann, seine Geschichte zu erzählen: Der Hase stamme ursprünglich aus dem Süden, aus der Gegend um Heinola. Er sei mit dem Tier durch Finnland gezogen, sei in Nilsiä, Ranua, Posio, Rovaniemi, Sodankylä, Sompio und wieder in Rovaniemi gewesen, und nun sei er hier. Der Professor hatte sein Auto am Rande der dichtbefahrenen Mannerheimstraße angehalten und lauschte ungläubig. Hin und wieder sagte er: »Das kann doch nicht wahr sein.«

Als Vatanen seinen Bericht beendet hatte, sagte der Professor mit Nachdruck: »Guter Mann, ich glaube Ihnen nicht ein einziges Wort. Aber die Geschichte ist gut, das muß man zugeben. Mich wundert nur, daß Sie so etwas erzählen müssen. Und nun kehren Sie zu Ihrer Forschungsstation zurück, ich rufe morgen früh dort an.«

»Na gut, rufen Sie an, wenn Sie mir nicht glauben. Kann mir schließlich egal sein.«

An der Ecke vom Warenhaus Sokos stemmte ein müdes Rentier die Hufe in den Boden. Ein abgewrackter Weihnachtsmann trat es in die Beine. Das Ren hielt die Augen geschlossen, vermutlich vor Schmerzen. Um das Tier herum tobten kreischende Kinder, und erschöpfte Mütter riefen: »Jari, Jari, nicht raufklettern, komm her, Jari, hörst du!«

Vatanen empfand unendliche Übelkeit und bat den Professor, schnell weiterzufahren.

Als sie den Bahnhof erreichten, sagte der Professor: »Also, ich muß Ihnen das Tier wegnehmen. Das kann es doch nicht geben. Welcher Verrückte von Evo hat Sie mit einem Hasen zu uns geschickt? Sie fahren besser allein zurück, ich nehme das Tier über

Nacht bei mir auf und lasse es morgen früh von einem Mann ins Institut bringen.«

Vatanen beteuerte, er sei wirklich nicht vom Wildforschungsinstitut.

»Glauben Sie mir, das ist kein Spaß!« sagte der Professor und versuchte, Vatanen den Hasen zu entreißen. Das Auto, das am City-Center angehalten hatte, behinderte den Verkehr.

Vatanen hielt seinen Hasen fest. Die Situation erinnerte ihn an die alte Geschichte vom Kreidekreis: Zwei Frauen ziehen an den Armen eines Kindes, und die, welche am stärksten zieht, bekommt es, und die, welche losläßt, ist die rechte Mutter. Vatanen ließ los, sagte jedoch: »Ich mache Ihnen einen Vorschlag: Wir rufen den Tierarzt von Sodankylä an, vielleicht glauben Sie mir dann. Ich bezahle das Gespräch.«

Der Professor überlegte einen Augenblick. »Also gut. Ich wohne in Kruununhaka, wir können von dort aus anrufen. Aber ich glaube Ihnen trotzdem nicht. Sie werden schon noch sehen, daß man mit diesem Hasen keine Scherze treiben darf. Ich liebe Tiere, guter Mann, die kann man nicht einfach jedem anvertrauen.«

»Und Sie machen Tierversuche.«

»Das ist Wissenschaft. Außerdem geht es Sie nichts an, das ist mein Job.«

Sie telefonierten. Der Tierarzt von Sodankylä bestätigte Vatanens Bericht von der morgendlichen Untersuchung im Hotel. Er wunderte sich nur, daß Vatanen bereits in Helsinki angekommen war.

Der Professor legte langsam den Hörer auf und sah Vatanen seltsam an. Der erkundigte sich nach den Telefongebühren, doch der Professor hörte gar nicht zu, sondern sagte: »Ich möchte Ihre Geschichte noch einmal von vorn hören. Ich mache uns Brote zurecht. Sie haben es doch sicher nicht eilig?«

»Durchaus nicht.«

19. KAPITEL

Katzenjammer

Vatanen fand sich in einen Teppich gerollt auf dem Fußboden wieder. In seinem Magen gurgelte eine bittere Flüssigkeit, drang ihm in Kehle und Mund, und er verspürte Brechreiz. Die Augen wagte er nicht zu öffnen. Laute hörte er keine, doch gerade als er sich dies bewußt machte, hörte er doch etwas: Rauschen, Klopfen, Pfeifen; wieder stieg ihm gelbe Galle in den Mund.

Vatanen blieb still liegen; er wußte, wenn er sich jetzt bewegte, müßte er sich erbrechen. Er schluckte den Schleim hinunter. Er wagte nicht einmal, nach seiner Stirn zu tasten, aber auch so war ihm klar, daß dort Schweißperlen standen.

Vermutlich verbreitete er einen fürchterlichen Gestank. Als er vorsichtig seine dicke Zunge im Mund bewegte, stieß sie an den klebrigen, belegten Gaumen.

Das Herz? Es schien zu funktionieren, wenn auch auf ziemlich eigenwillige Weise. Es schlug träge, als wäre es ein schläfriger Wächter, dann rappelte es sich auf, machte ein paar heftige Sprünge, daß es ihm beinah die Brust zerriß und bis in die Zehen zu spüren war, dann blieb es für kurze Zeit ganz stehen, hackte Sekunden später ein paar kleine, kurze Schläge, um danach seine träge Arbeit wieder aufzunehmen. Vatanen mußte sich an den Teppichrändern festhalten, der Fußboden schien unter ihm zu schwanken, Schweiß rann ihm den Nacken herunter, ihm wurde plötzlich heiß, und der Teppich schien seinen schwitzenden Körper zu erdrücken.

Wenn ich nur die Augen öffnen könnte, wenigstens eins, dachte Vatanen vorsichtig, wagte es jedoch nicht, der bloße Gedanke erschien ihm zu kühn. Ich muß versuchen, wieder einzuschlafen. Wenn ich doch bis an mein Lebensende schlafen könnte!

Oder war dies vielleicht schon der Tod? Dieser Gedanke amüsierte ihn, jedoch nur für kurze Zeit, dann rann ihm Galle in den Mund, und er mußte sich maßlos anstrengen, um sie wieder hinunterzuschlucken.

Vatanen versuchte, sich über seine Lage klarzuwerden.

Es gab keinen festen Anhaltspunkt, viele Möglichkeiten wogten durcheinander, ohne daß sein Gehirn in der Lage war, eine einzige Idee so gründlich zu erfassen, daß das Ergebnis als Gedanke gelten konnte.

Gleich darauf erschien ihm die Suche nach einem Gedanken ungeheuer amüsant. Was ihm dabei solchen Spaß machte, war ihm schleierhaft, jedenfalls war irgend etwas daran ungeheuer komisch. Als er dieses seltsame Freudengefühl ergründen wollte, wurde es sofort von schwarzer Trübsal verdrängt, wofür es mehr als genug Gründe gab.

Alles, was ihm durch den Kopf ging, löste sich auf, entglitt ihm. Vatanen hatte plötzlich die Vorstellung, es sei zu Ende, sein Kopf löse sich vom Körper. Das fand er lustig, doch nach kurzer Zeit entfiel es ihm wieder, und dann beschloß er, an etwas Praktisches zu denken.

Welche Jahreszeit mochte jetzt sein? Das wäre überlegenswert, abwegig genug und trotzdem praktisch, also: welche Jahreszeit? Konnte er sich das ins Gedächtnis rufen, wenn er intensiv nachdachte?

Ohne es zu merken, hatte er die Augen geöffnet. Er hatte sich so auf das Problem der Jahreszeit konzentriert, daß er getan hatte, was er nicht hatte tun wollen, und es war gar nicht weiter schlimm. Seine verklebten Augenschlitze gaben den Blick frei auf ein Stück Wand dicht unter der Zimmerdecke, ein großes Fenster mit sechs Scheiben, unten vier kleinere, oben zwei größere mit einem Bogen. Es war hell im Raum, er mußte die Augen schließen. Die Lider sind wie die Luken einer Taucherglocke, dachte er und beschloß dann, zu seinen Überlegungen über die Jahreszeit zurückzukehren.

Frühling? Wäre interessant, irgendwie vertraut. Aber warum nicht Herbst oder Januar? Nein, nicht Januar, das sagte ihm gar nichts. Der Sommer auch nicht. Er erinnerte sich an ein Häschen, dann an einen größeren Hasen, seinen eigenen, schließlich dachte er an Herbst. Danach kam Weihnachten, und nun war er fast davon überzeugt, daß jetzt Frühling war, am wahrscheinlichsten März.

Bei genauerem Nachdenken schien ihm auch das nicht richtig, eher war Spätwinter.

Und dann kam ihm der Mageninhalt hoch. Vatanen biß die Zähne zusammen, um die eklige Flüssigkeit zurückzuhalten. Er befreite sich von dem Teppich und sprang auf, sah auf dem Fußboden zwei weitere Schläfer, entdeckte unmittelbar vor sich die Tür zur Toilette und stürzte hinein.

Vatanens Magenflüssigkeit klatschte schubweise ins Toilettenbecken. Speichel lief ihm über das Kinn, die Augen quollen aus den Höhlen, der Magen zog sich zusammen wie die Nachgeburt einer Kuh und schien sich aus seinem wunden Mund herauspressen zu wollen. Sein Herz hämmerte, daß ihm ganz schwindelig wurde.

Dann plötzlich war die Übelkeit vorbei. Vatanen empfand die süße Gewißheit der alles besiegenden Kraft seines Organismus wie eine erfrischende Dusche. Er hob seinen dunkelroten Blick zum Spiegel und starrte sich an.

Er glich einem Bild, das aus einem Porno-Magazin herausgerissen war. Vatanen spülte sein verschwitztes Gesicht ab. Er entblößte den Oberkörper und wusch sich mit kaltem Wasser die Achselhöhlen, in seiner Tasche fand sich ein Kamm, mit dem er sich durch die Haare fuhr. Ein dickes Büschel Haare blieb darin hängen, Vatanen löste es mit steifen Fingern heraus und brach dabei ein paar Zinken ab, dann warf er alles ins Toilettenbecken. Er gurgelte viele Male und spülte sich den Mund, dann betätigte er die Spülung und übergab die ganze Bescherung der Kanalisation. Als er wieder ins Zimmer trat, erinnerte er sich erstaunlich deutlich, wer er war und daß jetzt Weihnachten sein mußte, aber die Ereignisse der allerletzten Zeit waren in Dunkel gehüllt.

Der Raum war klein und sehr sauber. Es handelte sich eindeutig um das Sprechzimmer eines Zahnarztes, die verchromten Stühle und Bohrmaschinen glänzten im hereinflutenden Sonnenlicht. Vatanen setzte sich steif auf das Sofa an der Wand und betrachtete die beiden anderen Menschen, die sich mit ihm gemeinsam in diesem ungewöhnlichen Raum einquartiert hatten.

Es handelte sich um eine junge Frau und um einen Mann in mittleren Jahren. Beide waren inzwischen auch aufgestanden und hatten die zum Schlafen benutzten Sofakissen an der Wand aufgestapelt. Vatanen grüßte, sie kamen ihm vertraut und dennoch sehr fremd vor. Er hatte nicht den Mut zu fragen, was es mit diesem Ort auf sich hatte und wer die beiden waren. Er dachte sich, die Zeit werde diese Geheimnisse schon lüften.

Das Mädchen, eigentlich schon eine erwachsene Frau, machte den Anfang, indem sie erklärte, jetzt müsse das Taxi bezahlt werden, 480 Mark, damit der Chauffeur endlich abfahren könne. Vatanen griff in seine Gesäßtasche: Die Brieftasche war weg. Das Mädchen holte sie aus ihrer dunklen Handtasche und reichte sie ihm. Sie enthielt dicke Bündel von Scheinen, fast 2000 Mark. Vatanen zählte 500 ab und gab sie dem Mädchen. Die überreichte das Geld dem Mann, der sich bedankte und ihr 20 Mark zurückgab. Der Mann ist also Taxifahrer, schloß Vatanen.

»Also dann macht's gut«, sagte der Mann und ging. »War 'ne flotte Tour, tschüß dann.«

»Iß das mal«, sagte das Mädchen und bot Vatanen rote Vitamintabletten an. »Die tun gut, schluck sie ruhig alle runter.«

Vatanen raffte sich zu der Frage auf, wo der Hase sei.

»Für den ist gesorgt, der ist in Helsinki bei einem Professor. Dort ist er schon vor Weihnachten hingekommen und kann bis Neujahr bleiben, so ist es abgemacht.«

»Vor Weihnachten? Ist Weihnachten schon vorbei?«

»Ja, natürlich, weißt du das nicht mehr?«

»Ich kann mich nicht recht erinnern. Ich habe wohl ein wenig getrunken.«

»Ja, und nicht zu knapp«, sagte das Mädchen sachlich.

»Das scheint mir auch so. Wer bist du denn?«

»Leila, wenigstens daran solltest du dich erinnern.«

Vatanen dachte über den Namen nach. Natürlich, diese Frau war Leila. Aber welche Leila? Weil er das nicht zu fragen wagte, erklärte er: »Sicher erinnere ich mich, sei nicht böse. Ich hab bloß so einen schlimmen Kater, und mein Gedächtnis funktioniert nicht. Ich hab wohl viele Tage hintereinander getrunken, das ist sonst nicht meine Art.«

»Du hattest eine Alkoholvergiftung, und jetzt muß Schluß sein.«

Vatanen schämte sich unendlich. Er wich dem Blick des Mädchens aus, der allzu offen und ehrlich war, schaute zu Boden, und als er seine Augen wandern ließ, kam ihm ein völlig neuer Gedanke: »Könnten wir in irgendeine Kneipe gehen und vielleicht ein kaltes Bier trinken?«

Das Mädchen nickte, und sie brachen auf.

Das Haus hatte eine Wendeltreppe, drei Etagen mit sechs Absätzen waren zu absolvieren. Vatanen hielt sich am Geländer fest, die Stufen tanzten vor seinen Augen, das Mädchen stützte ihn auf der anderen Seite.

Draußen schien eine grelle Sonne am eisigen Himmel. Auf den Straßen lag weißer, frischer Schnee, er blendete, doch die klare Luft erfrischte. Vatanen schützte die Augen mit der Hand und sagte: »Die Olme kommen aus ihren Höhlen.«

»Was hast du gesagt?« fragte das Mädchen, und Vatanen antwortete: »Nichts. Führ mich irgendwohin.«

Sie geleitete Vatanen durch die Stadt. Er betrachtete die Häuser, die Autos, versuchte die Umgebung zu identifizieren. Welcher Stadtteil von Helsinki war das, Vallila? Katajanokka? Kruununhaka konnte es auf keinen Fall sein. Sie kamen an einen Fluß ... Vielleicht die Stadt Porvoo? Nein, auch nicht, die kannte Vatanen gut.

Er musterte verstohlen die Passanten, spürte in sich eine leise Hoffnung, daß ein Bekannter vorbeikommen und ihm helfen würde, sich zu orientieren.

Sie überquerten eine Brücke, dahinter lag ihr Ziel, ein kleines Restaurant. Es machte einen sauberen Eindruck, und Vatanen hielt es für unwahrscheinlich, daß es schon so früh am Morgen geöffnet hatte. Er teilte seine Zweifel dem Mädchen mit, das ihm sagte, jetzt sei bereits Nachmittag, und er sei wirklich sehr durcheinander.

Vatanen musterte mit leeren Blicken die Speisekarte und wagte nicht, an Essen zu denken. Das Mädchen bestellte für ihn ein gutgekühltes Bier, für sich selbst ein Glas Saft. Er trank in vorsichtigen Schlucken. Das Getränk roch widerwärtig, wirkte jedoch belebend. Der erste Tropfen verursachte im Magen Verwirrung, alles Weitere blieb abzuwarten.

Das Mädchen beobachtete Vatanens stummen Kampf.

Dann war die Macht des Katers gebrochen, das Bier hatte seine wohltuende Wirkung getan. Vatanen war imstande zu essen, er wurde ein neuer Mann, ein neuer Vatanen.

Er begann, sich an einiges zu erinnern, wußte zumindest soviel, daß er den Hasen in der Wohnung des Professors zurückgelassen hatte und zu einer Sauftour aufgebrochen war, nach halbjähriger Abstinenz. Er hatte dann wohl auch tüchtig gezecht, viel und fröhlich. Am Beginn der Kneipentour blieb sein Erinnerungsvermögen stehen, und was später geschehen war, erfuhr er erst, als das Mädchen es ihm in groben Zügen erzählte.

Ihre Erzählung war so lang und verschlungen wie die Tour, die Vatanen hinter sich gebracht hatte. Acht Tage und acht Nächte hatte sie gedauert und ihn über verschiedene Ortschaften quer durch das südliche Finnland geführt. Vatanen hatte viel, sehr viel vollbracht.

Vorsichtig unterbrach er sie mit der Frage, in welcher Stadt sie jetzt seien.

»In Turku«, sagte das Mädchen.

»Ich hab mich schon gewundert«, bemerkte Vatanen, »mir kam alles so bekannt vor, als wir über die Brücke gingen ... Ich bin ja oft hiergewesen. Die Sonne hat nur so geblendet.«

Während das Mädchen erzählte, konnte Vatanen seinen Weg Stück für Stück nachvollziehen. Begonnen hatte es damit, daß er in Helsinki getrunken hatte, wohl zwei Tage lang, er war in eine Schlägerei geraten, die Bahnhofspolizei hatte ihn festgenommen, jedoch gleich wieder freigelassen. Dann hatte er dieses Mädchen getroffen und war mit ihr nach Kerava gefahren, dort war dies und jenes passiert. Er war auch unter einen Zug geraten, der ihn im Schritttempo zwanzig Meter auf den Schienen vor sich her geschoben hatte, aber Vatanen hatte nur blaue Flekken davongetragen.

In Kerava hatte Vatanen ein Fahrrad gekauft und war damit wutentbrannt – irgend jemand hatte ihn im Suff beleidigt – in Richtung Riihimäki gefahren, und das Mädchen war ihm im Taxi gefolgt. Bis ans Ziel hatte Vatanen nicht radeln können, denn die Verkehrspolizei hatte sich ins Geschehen eingemischt. Sie hatten die Fahrt im Taxi, mit dem Fahrrad im Kofferraum, fortgesetzt. In Riihimäki hatte Vatanen das Fahrrad zu einem Spottpreis verkauft und sämtliches Geld für Lose ausgegeben. Er hatte eine Stereoanlage und eine lederne Aktentasche sowie ein Schreibetui gewonnen, außerdem Manschettenknöpfe, einen Satz Füllfederhalter und drei ledergebundene Notizbücher. Diese Gewinne hatte er wieder zu Geld gemacht, weil ihm der Einfall kam, mit dem Linienbus nach Turenki zu fahren, was auch geschehen war.

In Turenki hatten sie beide in einem Landhaus übernachtet. Vatanens Auftritt an diesem Ort hatte drei Tage gedauert, bis kurz vor Heiligabend, und die ganze Zeit war die Zecherei weitergegangen, lokker und fröhlich, nach Meinung des Mädchens war dies allerdings physisch und psychisch recht anstrengend gewesen.

Von Turenki aus waren sie nach Janakkala gefahren, um das Weihnachtsfest bei den Eltern des Mädchens zu verbringen. Vatanen hatte für jeden ihrer Verwandten ein anständiges Geschenk gekauft, für die Mutter ein Barometer, für den Vater einen Satz Pfeifen, für die große Schwester einen Reiserucksack und für die kleine ein Xylophon. Am Heiligen Abend hatte Vatanen seinen ganzen Charme offenbart, die Familie war seinem Geplauder interessiert gefolgt, der Vater hatte seinen besten Kognak aus dem Schrank geholt, und sie hatten ihn ausgetrunken. In der Nacht hatte Vatanen Reden gehalten und Leilas Mutter zwischen die Brüste geküßt, aber niemand war böse geworden.

In der Weihnachtsnacht war er überraschend aufgebrochen, angeblich mußte er ins Krankenhaus, doch statt dessen waren sie beide mit dem Taxi nach Tammisaari gefahren, wo Vatanen im Meer schwimmen wollte, es dann aber doch nicht tat. Den Rest der Nacht hatten sie im Taxi verbracht, was sehr teuer geworden war.

Dann waren sie noch in Salo und Hanko gewesen, wo nichts Besonderes vorgefallen war. Und jetzt waren sie in Turku. Vatanen war in der Nacht in die Stadt gekommen, hatte der Reihe nach sämtliche Zahnärzte angerufen und um eine Behandlung gebeten, bis schließlich einer eingewilligt hatte. Der Taxifahrer aus Hanko hatte in Turku übernachten müssen. Während der ganzen Tour war das Mädchen dabeigewesen, worüber sich Vatanen ein wenig wunderte.

»Wie hast du das ausgehalten?«

»Ich habe über Weihnachten Urlaub, Schatz.«

Schatz? Vatanen betrachtete sie mit anderen Augen, ein neuartiges Interesse wurde in ihm wach. Hatten sie eine Beziehung miteinander? Und was für eine?

Das Mädchen sah reizend aus, da gab es gar nichts. Das aber erregte in Vatanen Zweifel: Wie hatte eine so hübsche Frau den ganzen Blödsinn so lange ertragen können? Hatte er sich als stinkender Säufer der Verführung dieser Frau schuldig gemacht? Das hielt er schon deshalb für unwahrscheinlich, weil er sich, wie aus dem Bericht zu schließen war, die ganze Zeit ziemlich widerwärtig aufgeführt hatte.

Außerdem schien das Mädchen verlobt zu sein. An ihrem Finger glänzte ein Ring, so ein billiger, wie ihn Vatanen nie einer Frau kaufen würde, am allerwenigsten einer wie dieser. Für einen Augenblick gab er sich der Vorstellung hin, daß zwischen seiner Reisegefährtin und ihm vielleicht etwas Schönes vorgefallen sei, aber der alberne Ring verscheuchte diese Gedanken.

Er fand es bedrückend, allein zu sein, nicht einmal der Hase war bei ihm, sondern in Helsinki. Auf einmal hatte er furchtbare Sehnsucht nach dem Tier.

»Ich müßte den Hasen holen«, sagte Vatanen traurig und betrachtete den Ring des Mädchens. »Du bist verlobt. Was für ein alberner Ring, ehrlich gesagt.«

Vatanen seufzte schwer.

»Rate mal, mit wem«, sagte das Mädchen und sah Vatanen ernst in die Augen.

»Na ja, mit irgendeinem Bankkaufmann natürlich, nimm es mir nicht übel, aber es interessiert mich nicht.«

»Nein. Rate weiter.«

»Rate du doch mal, mit wem *ich* verlobt bin«, schnaubte Vatanen.

»Ich weiß es«, sagte das Mädchen. »Aber rate jetzt, wer mein Verlobter ist.«

»Ich habe keine Lust«, sagte Vatanen. »Ich muß mein Zeug zusammensuchen. Würdest du bitte auf dem Bahnhof anrufen und nach den Abfahrtzeiten der Züge fragen? Tu mir den Gefallen, ich bin so müde.«

»Ich will es dir sagen«, erklärte das Mädchen. »Du bist mit mir verlobt.«

Vatanen hörte, was sie sagte. Er hörte jedes einzelne Wort, ohne etwas zu begreifen. Er sah erst ihr in die Augen, dann aufs Tischtuch, dann aus dem Fenster, auf den Fußboden, schließlich auf den Kellner, der an den Tisch getreten war. Schließlich raffte er sich auf und bestellte zwei weitere Glas, egal welchen Inhalts.

Der Kellner brachte noch einmal dasselbe, sie tranken schweigend.

»Ist das wahr?« fragte Vatanen nach einer langen Zeit.

Das Mädchen beteuerte, daß es seine Richtigkeit habe. Vatanen hatte ihr schon in Kerava einen Antrag gemacht, und in Turenki hatte sie eingewilligt. Der Ring stammte aus Hanko. Weil die Läden bereits geschlossen waren, hatten sie keinen besseren bekommen, diesen hatte ihnen die elfjährige Tochter eines Hankoer Taxifahrers verkauft. Nickel, vergoldet, sagte das Mädchen.

»Hm.«

»Ja.«

»Wir werden also heiraten?« fragte Vatanen.

»Zumindest hast du tagelang davon geredet. So war es abgemacht.«

Dies war wieder eine neue Situation für ihn. Der Hase war fort, aber an seine Stelle war eine Frau getreten. Leila, eine recht junge Frau, auch schön. Durch Vatanens Körper wogte ein Gefühl von Glück und Kraft: Er hatte eine Frau an seiner Seite, eine junge, gesunde und lebendige Frau! Er betrachtete sie näher.

Der Eindruck war: gut, gepflegt. Schöne Hände, lange schmale Finger. Vatanen ergriff sie, drückte sie zur Probe. Gut, ausgesprochen gut. Ihr Gesicht war hübsch, am besten die Nase, die Augen waren blaugrau, ziemlich groß, keine Spur von Schminke, die Wimpern lang ... gut! Ihr Mund war groß, die Zähne gesund, ausgezeichnet!

»Könntest du mir die Tageszeitungen holen?« bat Vatanen. Er brauchte nichts zu lesen und wollte damit erreichen, daß sie sich bewegte, vom Tisch aufstand, einige Schritte ging, damit er sich ein Gesamtbild von ihrer Figur machen konnte. Sie stand auf, und die Art, in der sie es tat, genügte Vatanens Ansprüchen. Ihre Haare wehten, als sie sich anmutig umdrehte.

Bis jetzt schien ihm alles vollkommen.

Sie ging zum Zeitungsregal neben der Tür. Vatanen sah sofort, daß auch ihre Figur perfekt war, vielleicht das Beste von allem. Große Freude erfüllte Vatanens müdes Herz, und als das Mädchen zum Tisch zurückkehrte, richtete er seine Aufmerksamkeit auf ihre sich wie ein Traumschiff wiegenden Hüften. Phantastisch!

Vatanen schob die Zeitungen ungelesen beiseite, nahm die Hand des Mädchens und sagte: »Ich bin schon verheiratet.«

»In dem Falle hast du dich bigamisch verlobt«, entgegnete sie. Ihr schien die Sache gleichgültig zu sein.

»Wußtest du es?«

»Ich weiß alles über dich. Ich hatte acht Tage und

Nächte Zeit, dir zuzuhören. Du glaubst nicht, wie genau ich dich kenne, und ich bin überzeugt davon, daß wir irgendwann heiraten und zusammenziehen werden.«

»Aber wenn meine Frau nicht in die Scheidung einwilligt?« meinte Vatanen, der seine Frau kannte, zweifelnd.

»Das wird sie tun. Ich bin Juristin«, sagte das Mädchen. »Aber zuallererst mußt du mir eine Generalvollmacht geben, denn du hast in Helsinki den Sekretär des Konservativen Jugendverbandes verprügelt, und zwar ziemlich schlimm. Ich werd den Fall übernehmen. Ich glaube nicht, daß man dich verurteilt, denn du bist ein Ersttäter.«

20. KAPITEL

Die Demütigung

Vatanen warf sich in den Schneematsch. Ein Flintenschuß krachte ganz in seiner Nähe, dann noch einer. Schrotkugeln prasselten durch die Fichtenzweige, Vatanen wagte nicht, sich zu rühren. Er hörte, wie sich betrunkene Männer leise und gereizt unterhielten.

»Verflucht, der hat sich wahrscheinlich aus dem Staub gemacht.«

»Vielleicht haben wir ihn auch getroffen.« Die Stimmen der Männer entfernten sich, aber Vatanen wagte noch immer nicht, aufzustehen und zu flüchten.

Die Sache stand schlimm. Der Hase rannte, von zwei großen Hunden gejagt, durch die Wälder von Karjalohja, und er selbst lag hinter Bülten versteckt auf der Erde und fürchtete um sein Leben.

Wie war er in diese Bedrängnis geraten?

Er war mit Leila zum neuen Jahr aus Turku nach Helsinki zurückgekehrt. Sie war nach den Feiertagen wieder zur Arbeit gegangen. Er hatte ihr die

Generalvollmacht ausgestellt und ein paar Wochen bei ihr gelebt, bis er in Karjalohja den Auftrag angenommen hatte, ein Sommerhaus zu reparieren. Zusammen mit dem Hasen war er dort eingezogen. Das Zimmer war zu tapezieren und die Sauna in Ordnung zu bringen, eine passende Beschäftigung für den Winter.

Es war bereits Februar. Am Abend zuvor war im Nachbarhaus eine lärmende, unangenehme Gesellschaft eingetroffen, um zu feiern. Sie hatten die Sauna geheizt und dann die ganze Nacht Krach gemacht. Die Leute waren nackt auf dem zugefrorenen See herumgelaufen, auch die Frauen, und die Betrunkenen waren auf dem spiegelglatten Eis ausgerutscht. Ständig waren Autogeräusche zu hören gewesen, und das Licht im Hof hatte gebrannt. Wahrscheinlich hatten sie neuen Alkohol und andere Gäste geholt. Auf der Terrasse hatten sie über die kommunistische Gefahr in Finnland und der übrigen freien Welt gesprochen, zwischendurch hatten sie sich geprügelt.

Vatanen hatte die ganze Nacht nicht schlafen können, auch der Hase war unruhig gewesen. Die Autolichter waren zu seiner Verärgerung mal über die Wand und mal über die Decke gewandert. Erst gegen fünf Uhr morgens hatte das Treiben auf dem Nachbargrundstück aufgehört, und die Stimmen waren verstummt.

Um die Mittagszeit wurde es dort wieder munter. Die verkaterte Gesellschaft fand, um in Gang zu kommen, müsse man die Sauna heizen. Aber das Holz war anscheinend aufgebraucht, und Schnaps war wohl auch nicht mehr vorhanden, denn man schickte zu Vatanens Hütte zwei Männer, die Saunaholz borgen sollten.

»Wir wollen Saunaholz holen.«

»Und Schnaps würden wir auch nehmen, wenn Sie welchen hätten.«

Vatanen hatte weder das eine noch das andere und außerdem keine Lust, den nächtlichen Ruhestörern Freundlichkeiten zu erweisen. Er zeigte auf den Ölkamin und sagte, er habe kein Saunaholz, denn die Sauna werde repariert.

»Aber, guter Mann, es muß sich doch welches finden, wir wollen nämlich in die Sauna. Hier sind hundert Mark, hol uns Holz, Junge.«

Vatanen schüttelte den Kopf.

»So ein eingebildeter Kerl«, sagte einer der Männer, knallte einen zweiten Hunderter auf den Tisch und schrie: »Vielleicht gibt es jetzt endlich Holz! Und wenn du das Geländer von der Veranda kleinmachst, du hast doch eine Säge! Hier ist gutes Geld, also hab dich gefälligst nicht so!«

Vatanen weigerte sich, den Männern zuliebe die Hütte zu zerstören, aber sie akzeptierten es nicht.

Sie knallten noch einen weiteren Hunderter hin und sagten, das Holz habe jetzt da zu sein. Vatanen rollte die Geldscheine zusammen, schob sie dem Nächststehenden in die Brusttasche und warf die beiden hinaus.

»Zum Teufel noch mal! Bist du aber ein krummer Hund!«

Vatanen schob die Männer auf die Veranda und verschloß die Tür. Die beiden trommelten einen Augenblick dagegen, und als Vatanen nicht öffnete, trat einer von ihnen mit den Füßen gegen das Verandageländer. Der andere folgte seinem Beispiel, bis das Geländer zerbrach. Sie zerrten es triumphierend zum Nachbargrundstück. Vatanen rannte auf den Hof, um die Missetat zu verhindern, aber die Männer befanden sich schon auf der anderen Seite.

»So macht man es bei der Kooperative!« rief der eine Vatanen höhnisch zu.

»Oder besser gesagt: So machen es Industrie und Handel. Was man für Geld nicht kriegt, nimmt man sich mit Gewalt.«

Vatanen stand an der Grenze des Grundstücks. Grollend sah er zu, wie auf dem Nachbarhof das Verandageländer zu Saunaholz zerhackt wurde. Aus dem Haus kamen ein Dutzend verkaterter Leute; sie amüsierten sich köstlich und riefen Vatanen Bosheiten zu. Jemand fuhr mit dem Auto los, man rief ihm nach, er solle genug Schnaps mitbringen, um eine Belagerung durchzustehen.

Vatanen ging schäumend vor Wut hinüber und fragte, wer der Besitzer des Sommerhauses sei.

Das Holzhacken wurde unterbrochen. Ein dicker Kerl mit rotem Gesicht, der gerade die Axt in einen Balken geschlagen hatte, richtete sich auf. »Dieses Haus, Freundchen, gehört so großen Tieren, daß es für dich besser ist, du verziehst dich, solange du noch Gelegenheit dazu hast. Ich bin hier für alles verantwortlich, und entweder du verschwindest jetzt, oder ich sage den Jungs, sie sollen dir Beine machen.«

»Ich gehe nicht, bevor diese Sache nicht geklärt ist«, sagte Vatanen langsam.

Der Mann setzte sich in Trab, verschwand im Haus, kam mit einer Flinte wieder heraus, lud auf der Treppe beide Läufe und zielte auf Vatanens Brust. Eine abscheuliche Schnapsfahne ging von ihm aus.

Plötzlich versetzte einer der Umstehenden Vatanen von hinten einen heftigen Tritt, so daß er auf dem Bauch landete. Dröhnendes Gelächter ertönte, jemand trat ihm in die Seite.

Vatanen stand auf, die Frauen warfen ihm ein Gemisch aus Sand und Schneematsch in die Augen, jemand schlug ihm mit der Faust in den Rücken. Ihm blieb nichts weiter übrig, als sich auf das eigene Grundstück zurückzuziehen, wobei ihn johlendes Gelächter begleitete.

Irgend jemand befand, man sei vielleicht zu weit gegangen, doch die Allgemeinheit war anderer Meinung: »Ach, Scheiße, so einer traut sich nicht, die Polizei zu holen. Wir erschrecken ihn zu Tode, dann hört kein Mensch was von der Sache. So machen wir es! Aber erst heizen wir die Sauna, los, an die Arbeit, Männer!«

Man kann sich denken, wie erregt Vatanen nach dem Zwischenfall war. Er nahm den Hasen auf den Arm und ging auf den vereisten See, um seine Gedanken zu ordnen und sich zu beruhigen. Das gegenüberliegende Ufer war einen Kilometer entfernt.

Als Vatanen die Hälfte der Strecke zurückgelegt hatte, hetzte die lärmende Gesellschaft zwei Hunde auf ihn. Sie hatten den Hasen in Vatanens Arm bemerkt.

»Faß ihn, faß ihn!« Die jaulenden Köter nahmen die Verfolgung auf. Der Hase sprang zu Boden und nahm Reißaus, und als die Hunde seine Flucht bemerkten, stimmten sie ein heftiges Gebell an; ihre dicken Pfoten rutschten über das Eis, als sie Vatanen überholten und am jenseitigen Ufer hinter dem Hasen im Wald verschwanden.

Vatanen lief hinterher und überlegte, wie er den Hasen retten könnte. Jetzt hätte er ein Gewehr gebrauchen können, aber das hing an einem Nagel in der Hütte in Läähkimäkuru.

Ein paar bewaffnete Männer kamen aufs Eis gelaufen. Sie lärmten dabei ähnlich wie ihre Hunde, das Eis ächzte unter ihrem Gewicht. Vatanen versteckte sich im Wald, und als die Männer die Landzunge erreicht hatten, gaben sie Schüsse auf ihn ab. Und nun lag Vatanen im nassen Schnee und hörte das Gespräch der Männer mit an. Sie sprachen mit gedämpfter Stimme.

Der Hase war schon weit fort, die Hunde ebenfalls. Sie heulten, die Hatz war also noch im Gange und der Hase noch am Leben.

Diese brutale Jagd mußte ein Ende haben, dachte Vatanen, aber ihm fiel nichts ein. Wie konnte es nur solche Menschen geben? Welches Vergnügen hatten sie an dieser Art von Gewalt, wie konnten Menschen so tief sinken?

Der verzweifelte Hase rannte im Kreis. Die Meute näherte sich. Plötzlich kam der Hase zwischen den Bäumen hervorgesaust, und als er Vatanen sah, sprang er Hals über Kopf in seine Arme. Aus seinem Maul rannen ein paar hellrote Blutstropfen. Das Geheul der Hunde wurde lauter.

Vatanen wußte, daß die Hunde ihn zerreißen

konnten, wenn er mitten im Wald mit dem Hasen im Arm stehen blieb. Sollte er jetzt die geliebte Kreatur im Stich lassen, sie preisgeben, um das eigene Leben zu retten?

Nein. Der Gedanke, kaum war er entstanden, beschämte ihn. Vatanen rannte zu einem nahe gelegenen Hügel, der mit dickstämmigen Krüppelkiefern bestanden war. Schnell schwang er sich auf einen Baum. Es war gar nicht einfach, mit einem Hasen unter dem Arm eine Kiefer zu erklimmen. Fellhaare blieben an der Baumrinde hängen, aber schließlich gelangte Vatanen hinauf.

Im selben Moment kamen die Hunde herangefegt. Sie beschnüffelten die Hasenspuren und hatten den Baum bald gefunden. Rasend stemmten sie die Vorderpfoten gegen den Stamm und heulten wütend. Sie kratzten am Stamm, daß die Rinde splitterte. Der Hase steckte seinen Kopf unter Vatanens Arm, er zitterte am ganzen Körper.

Wieder waren Stimmen von Betrunkenen zu hören. Bald tauchten fünf Männer unter dem Baum auf.

»Sch, sch«, beruhigten sie die Hunde. »Also auf dem Baum sitzt der Kerl jetzt!«

Die Männer johlten, einer stieß mit dem Fuß gegen den Stamm, ein anderer versuchte, Vatanen von der Kiefer zu schütteln.

»Jetzt hat dich wohl der Mut verlassen! Wirf den Hasen runter, dann brauchen wir ihn nicht in deinem Arm zu erschießen.«

»Schieß in den Baum, schieß in den Baum! Das wird ein Ding, garantiert glaubt keiner, daß Karlsson einen Hasen vom Baum geschossen hat!«

»Und gleich noch einen Kerl dazu!«

Das Lachen nahm kein Ende. Die Männer rüttelten am Baum, die Hunde wedelten um sie herum. Vatanen traten vor Wut die Tränen in die Augen. Jemand bemerkte es: »Lassen wir den Scheißer, der flennt ja schon. Das war genug Sonntagsvergnügen.«

»Aber die Hunde lassen wir noch eine Stunde hier, damit der Kerl lernt, das Maul nicht so voll zu nehmen. Auf in die Sauna, die ist bestimmt schon heiß.«

Die Männer verschwanden. Die Hunde blieben als Wache am Baum zurück, sie bellten und jaulten. Vatanen verspürte Brechreiz.

Kurz bevor es dunkel wurde, pfiff jemand nach den Hunden, sie folgten nur widerstrebend. Vatanen wurde schwindelig, der Hase zitterte immer noch.

Am selben Abend kehrte Vatanen nach Helsinki zurück. Zuerst wollte er Anzeige erstatten, unterließ es dann aber. Zu Leila sagte er: »Ich gehe nach Norden, in die Hütte von Läähkimäkuru. Der Süden bekommt mir nicht.«

Und so geschah es.

21. KAPITEL

Der Besuch

Der Frühling kam, das Leben im klaren nördlichen Klima war angenehm. Vatanen hatte von einem Rentierzüchter den Auftrag erhalten, Bäume für einen Rentierzaun zu fällen. Die Arbeit war nicht allzu schwer und frei von Zwängen. Der Hase genoß sein Dasein, seine Spuren fanden sich überall in der Umgebung.

Leila schickte Briefe, manchmal kamen gleich zwei auf einmal, denn Vatanen erhielt in der Hütte von Läähkimäkuru nur alle zwei Wochen Post. Ihre Briefe waren glühendheiße Botschaften, die Vatanen mit sehr viel Vergnügen las. Er antwortete nur hin und wieder, um die Flamme am Brennen zu halten, wie man so sagt. Leila wünschte sich sehnlichst, daß Vatanen Lappland verließ und endlich in die Zivilisation zurückkehrte, doch er konnte sich nicht dazu entschließen. Er dachte nur mit halber Begeisterung an den Süden, die Gepflogenheiten in den besiedelten Gebieten flößten ihm heftige Abscheu ein.

In der letzten Märzwoche nahm das Leben in der Hütte eine überraschende Wendung.

Der Bär vom vergangenen Herbst war aus seiner Höhle gekommen – oder hatte sich nach seinen Erfahrungen der Vorweihnachtszeit vielleicht gar nicht wieder zum Winterschlaf begeben – und trieb sich in der Gegend herum. Vatanen bemerkte, daß er mehrere Rentiere gerissen hatte, im weichen Schnee hatte er offenbar Mühe, genügend andere Nahrung zu finden. Er schnüffelte nachts um die Hütte, pißte an die Ecken und schnaufte gereizt in der Märzluft.

Diese Besuche des Bären ließen Vatanen erzittern. Er hatte sein Lager unmittelbar an der Wand, das Schnaufen draußen raubte ihm den Schlaf. Er kam sich vor wie ein kleiner Fisch in der Reuse, der von einem großmäuligen Hecht eingekreist wird.

Die Vernunft sagte Vatanen, daß Bären keine Menschen anfallen, aber manchmal geschehen ja auch vernunftwidrige Dinge.

Und siehe da, eines Nachts drückte der Bär das Fenster mitsamt dem Rahmen ein, schob den Oberkörper in die Hütte und schnupperte in der warmen Luft. Draußen schien der Vollmond, die Gestalt des Bären verdeckte fast die ganze Fensteröffnung. Der Hase sprang fiepend auf die Liege und versteckte sich hinter Vatanens Rücken. Der lag ganz steif auf seinem Lager; es kam einiges auf ihn zu.

Der Bär beschnüffelte die Lebensmittel auf dem Tisch. Dort lagen Essensreste vom Abend: trockenes Rentierfleisch, Brot, Butter, eine Tube Tomatenketchup und anderes mehr. Vatanen sah, wie der Bär im Schein des Mondes die Eßwaren geschickt mit der Schnauze packte. Er raschelte mit Papier, man hörte Schmatzen. Wie raffiniert er vorging! Bald hatte er alles aufgefressen und zog sich für kurze Zeit nach draußen zurück.

Als er wiederkam, war er kühner. Diesmal entdeckte er die Tube Tomatenketchup, nahm sie in die Tatzen und untersuchte sie verwundert. Der Geruch schien ihn zu interessieren, er schnupperte, begriff jedoch nicht, wie man an den Inhalt herankam.

Der Bär quetschte die Tube zusammen. Vatanen hörte ein prustendes Geräusch und verdutztes Schnaufen, Tomatenketchup spritzte über seinen Kopf hinweg an die Wand.

Der Bär schien an der Tube zu lecken. Zwischendurch spritzte er Ketchup in die Stube, beschmierte sich wahrscheinlich auch selbst gründlich damit. Er leckte sich das Fell ab. Bei diesem Geräusch fiel Vatanen der Name der Hütte ein, »An der Schmatzerschlucht«, genau das tat nämlich der Bär.

Anschließend leckte er die Tischplatte ab, die Wachstuchdecke knautschte unter seiner dicken Zunge. Die Spuren des Tomatenketchups lockten ihn immer tiefer in die Hütte, er zwängte sich immer weiter durch die Fensteröffnung, die er schließlich ausfüllte wie eine Flaschenbürste den Flaschenhals. Er legte sich mit dem ganzen Oberkörper auf den Tisch, bis dieser zusammenbrach und der Bär mitten in die Stube plumpste. Teile des zerbrochenen Tisches polterten zu Boden, der Bär schien ein wenig erschrocken, erholte sich aber schnell. Er untersuchte nun das Innere der Hütte. Vatanen wagte nicht, sich zu rühren.

Der Bär leckte den Fußboden ab, dort gab es also auch noch Ketchup. Der Mond beleuchtete das große, geschmeidige Tier, dessen Anblick furchterregend war. Der riesige Kopf bewegte sich rhythmisch leckend auf Vatanens Fußende zu wie eine unheimliche Reinigungsmaschine.

In diesem Augenblick verlor der Hase die Nerven. Er sprang von der Liege und flitzte durchs Zimmer. Der Bär versuchte vergeblich, ihn zu fangen, und der Hase versteckte sich in einer Ecke.

Der Bär beruhigte sich und leckte am Fußende von Vatanens Liege die Wand ab.

Erst jetzt bemerkte er den Mann. Verwundert untersuchte er ihn, vorsichtig und neugierig. Feuchtwarmer Bärenatem schlug Vatanen entgegen. Der Bär schnaubte, als er seinerseits Vatanens Atem spürte, er packte ihn mit seinen Pranken und schüttelte ihn ein wenig. Vatanen lag so entspannt wie möglich da und versuchte bewußtlos zu wirken.

Der Bär betrachtete den Mann in seinen Armen, er ähnelte dabei einem Troll, der eine Puppe in Händen hält und nichts Rechtes damit anzufangen weiß. Versuchsweise biß er Vatanen in den Bauch, was einen gellenden Schmerzensschrei zur Folge hatte. Erschrocken warf er den Mann an die Wand und stürzte durchs Fenster nach draußen.

Vatanen hielt sich den Bauch, vor seinen Augen flimmerte es rot und weiß, unter seinen Händen wurde es feucht. Ob die Bauchdecke durchgebissen war? überlegte er entsetzt. Er nahm das Gewehr vom Haken, ging gebückt auf den Hof und schoß ins Dunkel. Der Bär war geflüchtet, und am Himmel leuchtete der Mond.

Vatanen kehrte in die Hütte zurück, zündete ein Licht an und untersuchte seinen Bauch. Der war glitschig vom Blut und vom Geifer des Bären, doch besonders schlimm sah die Wunde nicht aus. Es war eher ein Probebiß, ein Zwicken gewesen.

Der Hase hinkte. Wahrscheinlich war der Bär auf ihn getreten und hatte es gar nicht gemerkt, denn sonst hätte er den Hasen mit Sicherheit an der Wand zermalmt.

Vatanen stieß die Trümmer des Tisches in die Ecke, nagelte eine Decke vor die Fensteröffnung und wickelte sich ein Laken um den Bauch. Die Wunde schmerzte, das hatte der Bär immerhin geschafft.

Vatanen nahm den Hasen auf den Arm. Er streichelte sein reines weißes Fell und versprach: »Morgen früh nehme ich meine Skier und jage ihn, er muß getötet werden.«

Die zarten, weißen Barthaare des Hasen zitterten energisch, es sah aus, als wäre er derselben Meinung: Töten. Ein Hase dürstet nach Bärenblut!

22. KAPITEL

Das Weiße Meer

Der Mond ging unter. Vatanen packte für mehrere Tage Proviant in den Rucksack, stopfte zwanzig Patronen in die Außentasche und füllte das Magazin des Gewehrs. Er schliff die Axt, nahm außerdem fünf Schachteln Zigaretten, Streichhölzer und Skiwachs mit. Zum Hasen sagte er: »Du kommst dann wohl mit.«

Vatanen hinterließ einen Zettel auf dem Tisch mit der Nachricht: »Bin hinter einem Bären her, kann ein paar Tage dauern. Vatanen.«

Er schloß die Tür der Hütte hinter sich, wachste die Skier, warf sich den Rucksack und das Gewehr über und machte sich auf den Weg. Die Umgebung der Hütte war voller Bärenspuren, doch etwas weiter entfernt erkannte Vatanen im Dämmerlicht frische Fluchtspuren. Er folgte ihnen, der Schnee war noch ziemlich fest.

»Jetzt wollen wir mal sehen, du verfluchter Bär!«

Die Spuren führten durch die Schlucht. Vatanen lief schnell und gleichmäßig, sein Rücken schwitzte unter dem schlenkernden Rucksack. Der Hase hinkte hinterher.

Die Märzsonne ging am hellen Himmel auf, die Luft war schneidend scharf, der Schnee knirschte, wenn die Skistöcke ihre Löcher bohrten. Die Wegverhältnisse waren ausgezeichnet. Der Mann genoß die Fahrt im glitzernden Schnee, der in der aufgehenden Sonne gleißte, daß die Augen schmerzten.

An den Spuren war zu erkennen, daß sich der Bär beruhigt hatte und sich sicher fühlte. Vatanen fuhr jetzt schneller, er hatte gute Chancen, seine Beute zu bekommen.

Am Nachmittag erreichte er ein dichtes Fichtengehölz und sah, daß der Bär darin gelegen hatte. Aber er hatte den Skiläufer wohl kommen hören und sich rechtzeitig davongemacht. Vatanen mußte nun immer weiter laufen, es konnten Tage vergehen, bis er den Bären erlegt hätte, wenn überhaupt. Glücklicherweise sank der Bär tiefer in den Schnee ein als der Mann auf den Skiern.

Vatanen erreichte ein großes Moorgebiet, die Spuren führten nach Süden. Fern am Horizont entdeckte er sein Verfolgungsobjekt: Der Bär verschwand als kleiner schwarzer Punkt im verschneiten Wald. Dieser Anblick ließ Vatanen erbeben, er flog fast über das Moor hinweg.

Die Sonne ging unter, im dichten Wald waren die

Spuren nicht zu erkennen. Vatanen mußte anhalten und essen. Er fällte eine große, abgestorbene Föhre, machte aus ihrem Wipfel ein Feuer, briet Rentierfleisch, trank Tee und schlief ein paar Stunden. Als er erwachte, war der Mond aufgegangen und der Himmel klar, die Spuren ließen sich wieder verfolgen.

Die schimmernde Nacht in den verschneiten Wäldern war von wilder Schönheit. Die Jagd setzte den Skiläufer in Erregung, er verspürte keine Müdigkeit. Der Schweiß gefror ihm am Rücken, der Frost verschärfte sich, die Augenwimpern wurden zu Eisklumpen, und er mußte sie immer wieder mit der bloßen Hand auftauen.

Der Hase holte sich ab und zu von den Weidenbüschen an Flußläufen sein Futter. »Bleib nicht zurück«, redete Vatanen ihm zu. »Zum Fressen ist jetzt keine Zeit.«

Der Bär hatte sich zweimal ausgeruht und mußte eigentlich wieder müde sein. Doch immer wieder hörte er den herannahenden Skiläufer in der klaren Nacht und floh rechtzeitig. Jetzt rannte er nach Südosten. Schon am Tag hatte die Jagd die Landstraße von Tanhua überquert, jetzt näherten sie sich dem großen Waldgebiet im Nordosten. In dieser Nacht überquerten sie zahlreiche Flußläufe, an einer offenen Stelle hatte der Bär von dem eiskalten Wasser getrunken. Vatanen machte um die Stelle einen Bogen. Ein Sturz in das schwarze Eiswasser hätte den sicheren Tod bedeutet.

Der Mond ging unter, es wurde dunkler, Vatanen mußte wieder anhalten und ein Feuer anzünden. Er schlief in der Wärme ein; der Hase fraß ein wenig, dann schlief auch er.

Als die Sonne aufging, lief Vatanen weiter. Er vermutete, daß er sich bereits in der Gegend um Savukoski befand, irgendwo westlich von Martti. Bald mußte eine Landstraße kommen, der Bär schien ins Kirchdorf Savukoski zu laufen. Und da war auch schon die Straße.

Der Bär hatte sie auf halber Strecke zwischen beiden Dörfern überquert. Die von den Schneepflügen aufgeworfenen Wälle hatten ihn so geärgert, daß er ein Straßenschild umgerissen und es verbogen hatte wie eine Weidenrute. Das war gleichsam eine Botschaft für Vatanen: »Noch habe ich Kraft! Komm nicht näher, Mensch!«

Doch Vatanen blieb ihm auf den Fersen.

Am Nachmittag taute die Sonne den Schnee auf, so daß er an den Skiern klebte und Vatanen nur mühsam vorwärts kam. Die Jagd schien aussichtslos, obgleich die Spuren im Schnee frisch waren. Vatanen mußte Pause machen, die Skier waren zu schwer vom pappenden Schnee. Erst abends wurde der

Schnee fester. Vatanen lief ein paar Stunden, doch dann wurde es so dunkel, daß er nichts sehen konnte, und der Mond ging nicht auf. Vatanen war gezwungen, die Nacht am Lagerfeuer zu verbringen. Er schätzte, daß er sich mittlerweile auf dem Gebiet der Gemeinde Salla befand. Der Hase war zu Tode erschöpft, klagte aber nicht, das tat er nie. Vatanen fällte ihm eine junge Espe und säbelte mit der Axt die Rinde ab. Der Hase fraß, streckte die Läufe aus, fiel in den Lichtkreis des Feuers und schlief ein. Nie zuvor hatte das Tier so müde gewirkt.

»Dieses Tempo muß selbst für den Bären furchtbar sein.«

Sowie es hell genug war, um die Spuren zu erkennen, setzte Vatanen die Verfolgung fort. Der Rucksack war leicht, die Vorräte aufgebraucht. Und es war Eile geboten. Der Bär mußte diesseits der Grenze zur Sowjetunion getötet werden. Die Strecke führte nördlich des Tenniöflußtals weiter bis ins Dorf Naruska, wie Vatanen vermutete. Schon längst hatte er das auf seiner Karte verzeichnete Gebiet verlassen, jetzt mußte er sich die finnische Landkarte ins Gedächtnis rufen.

Ein eintöniger, furchtbar anstrengender Tag.

Abends erreichte er das Gelände südlich des Karhufjälls. Vatanen bog auf eine Landstraße ab, die in ein Dorf führte. Er war so müde, daß er auf der glatten, freigepflügten Straße stürzte. Schulkinder kamen vorbei, alle grüßten. Vatanen fragte nach einem Laden.

Doch der Dorfladen war schon seit Urzeiten geschlossen. Ein Verkaufswagen kam zweimal in der Woche. Vatanen schnallte die Skier ab und betrat das Haus neben dem ehemaligen Laden. In der Stube saß der Hausherr beim Essen, seine Frau pellte am Herd heiße Kartoffeln und servierte jede einzeln ihrem Mann.

Der erschöpfte Fremde wirkte unheimlich und ehrlich zugleich; im Norden werden so jemandem gewisse Rechte zuerkannt. Die Einheimischen spüren, daß er sie verdient. Der Hausherr wies auf den Stuhl neben sich und lud Vatanen zum Essen ein.

Der war so erschöpft, daß der Löffel in seiner Hand im Takt der Herzschläge zitterte. Seine Mütze hatte er vergessen abzunehmen. Das Rentiergulasch war schmackhaft und deftig, Vatanen aß alles auf.

»Wann kommt der Verkaufswagen?« fragte er.

»Erst morgen.«

»Ich habe es eilig, kann ich vielleicht von euch für ein paar Tage Proviant bekommen?«

»Woher kommst du?«

»Aus Sompio, genauer von Läähkimäkuru.«

»Bist du hinter einem Vielfraß her?«

»So was Ähnliches.«

Die Kinder kamen aus der Schule und begannen in der Stube zu lärmen. Der Hausherr schickte sie auf den Hof und führte Vatanen in die Schlafkammer. Er schlug die Überdecke vom Doppelbett zurück und sagte Vatanen, er könne dort schlafen. In der Stube sagte er zu seiner Frau: »Pack ihm für vier Tage Proviant in den Rucksack, und sag den Kindern, sie sollen leise sein. Ich wecke ihn nachher.«

Vatanen wachte nach zwei Stunden von selbst auf. Er bemerkte, daß er vollständig bekleidet und mit Schuhen auf dem Laken gelegen hatte. In der Stube streichelten die Kinder den Hasen. Als sie sahen, daß Vatanen aufgewacht war, sprachen sie lauter.

Vatanen legte einen Hunderter auf den Tisch, aber der Hausherr nahm ihn nicht an. Die Männer gingen auf den Hof. Vatanens Glieder waren steif, seine Bauchdecke brannte.

»Habt ihr vielleicht Borwasser?«

»Leena, hol mal was von drinnen.« Das Mädchen kam mit einer Flasche zurück.

Vatanen entblößte seinen Bauch, der Hausherr sah die Bißspuren: »Hat eine verdammt große Schnauze!«

Er rieb die entzündeten Bißwunden ein, dann wickelte er Vatanen noch mehrere Schichten Mullbinden um den Bauch.

Vatanen lief auf den Wald zu, um die Bärenspur wiederaufzunehmen. Am Waldrand drehte er sich noch einmal um und rief: »Heißt dieses Dorf Kotala oder Naruska?«

»Naruska.«

Bald fand Vatanen die Spur, und der Kampf ging weiter. Vatanen sah, daß der Bär müde und wütend war: Er hatte an Bäumen gekratzt und Borke abgerissen, mehrere Birken umgestoßen, daß es Holzsplitter regnete. Vatanen fragte sich, ob der Bär wohl über die Grenze verschwinden würde.

»Dich rettet nichts mehr, du Biest, versuch gar nicht erst, bei einer Großmacht Schutz zu suchen!«

Nachts kam ein Wintersturm auf; der Mond war zwischen den Wolken nur mit Mühe zu erkennen. Vatanen mußte die Verfolgung für die Nachtstunden unterbrechen. Am Morgen hatte der Wind die Spuren verweht, Vatanen mußte kreuz und quer laufen, ehe er im Schneegestöber frische Spuren fand.

Der wievielte Tag? Es spielte keine Rolle mehr.

Vatanen steckte den zu Tode erschöpften Hasen in den Rucksack und machte sich wieder auf den Weg. Der Schnee fiel dichter, es stürmte. Im Gestöber waren die Spuren kaum auszumachen, obwohl sie frisch waren. Vatanen wußte, wenn er jetzt die Spur verlor, war die ganze Jagd vergebens. Sein Bauch brannte wieder, die Mullbinde war nach unten gerutscht, aber er hatte keine Zeit, sie hochzuziehen.

Vatanen kam an einen Fjäll, dort hätte der Sturm den verschwitzten Mann fast umgeworfen, aber er blieb in der Spur, es ging nicht anders! Ihm wurde schwarz vor Augen. War er schneeblind vom tagelangen Starren auf die Bärenspuren? Anscheinend.

»Du Satan kommst nicht lebend aus meinen Fängen!«

Der Lauf war wie ein Horrorfilm, im Sturm konnte Vatanen kaum ein paar Meter weit sehen. Er folgte den verwischten Spuren wie eine Maschine, die anfängliche Freude am Laufen war längst dahin. Den ganzen Tag tobte der Sturm, Vatanen war nicht mehr sicher, in welche Richtung er sich bewegte. Ab und zu aß er ein Stückchen gefrorenes Fleisch aus Naruska, und um zu trinken, leckte er den Schnee von seinen Schultern. Plötzlich führten die Spuren auf eine freigepflügte Landstraße. Der Bär war offenbar so erschöpft, daß er auf der Straße weitergelaufen war. Er war über die vereiste Oberfläche geschliddert, Eindrücke der großen Krallen waren im angewehten Schnee zu erkennen. Vatanen schauderte, ihm war kalt im Rücken.

Er näherte sich einer Kreuzung mit einem Wegweiser. Vorzüglich! Jetzt würde er erfahren, wo er sich befand.

Vatanen hielt an, stützte sich schwer auf die Skistöcke und versuchte, den Wegweiser zu entziffern, verstand aber nichts.

Er war auf sowjetisches Gebiet gelaufen! Der Wegweiser war russisch beschriftet, in kyrillischen Buchstaben. Vor Überraschung trat dem erschöpften Mann Schweiß auf die Stirn.

Sollte er umkehren, sich bei den sowjetischen Behörden melden?

»Wenn wir es bis hierher geschafft haben!«

Vatanen blieb nicht lange untätig auf der Kreuzung stehen. Er machte sich wieder an die Verfolgung der Bärenspur und lief unermüdlich bis zum Abend weiter. Da sah er in der Ferne die Gestalt des gejagten Tiers, aber die Dunkelheit verschluckte den großen Bären. Wieder einmal fällte Vatanen eine Kiefer, entfachte ein Lagerfeuer und übernachtete, zum erstenmal auf sowjetischem Gebiet. Vor ihm lagen die endlosen Ödwälder von Archangelsk, dort würde er die harte Probe zu bestehen haben.

An den Folgetagen klarte das Wetter einigermaßen auf. Vatanen verfolgte den Bären wie ein wildgewordener Stier, mehrere große Landstraßen überquerte er, der Bär preschte in Richtung Osten voran, seine Kräfte schienen ihn nicht zu verlassen. Von Süden kommend, flog eine Überschallmaschine in Richtung Murmansk, Vatanen hielt inne, um sie zu betrachten. Die schnelle Maschine mit den blinkenden Flügeln beeindruckte den erschöpften Skifahrer tief. Was hatte der Mensch doch für unterschiedliche Fortbewegungsmittel!

Der Bär mied die Dörfer und bahnte sich seinen Weg durch die Einöde. Vatanen traf keinen einzigen Menschen, nur hin und wieder sah er Spuren von Motorschlitten. War es möglich, daß die Grenzverletzung nicht bemerkt worden war? Vielleicht. Im Sturm hatte Vatanen ja selbst die Grenzlinie nicht gesehen. Das Gerede vom Eisernen Vorhang hatte sich als unwahr erwiesen, nicht einmal Stacheldraht war an Vatanens Skiern hängengeblieben.

Der Proviant war seit zwei Tagen aufgebraucht, aber die Jagd ging weiter. Vatanen erreichte ein kleines Dorf, der Bär hatte die Nacht in einem verfallenen Steinhaus verbracht. Eine alte Salzsiederei, vermutete Vatanen. Sie waren also ans Meer gekommen, an das Weiße Meer.

Und dann hatte Vatanen die Eisenbahnstrecke nach Murmansk vor sich. Er überquerte viele Schienen, dabei klapperten die Skier im Frost. Vatanen stellte fest, daß die Strecke elektrifiziert war. Dann setzte er die Verfolgung fort. In der vergangenen Nacht hatte er sich Speckschwarte in siedendem Wasser gekocht, um etwas zu sich zu nehmen, sonst interessierte ihn nur der Bär und sonst nichts.

Sie erreichten das Meer. Der Bär rannte über die gefrorene Wasserfläche, in der Ferne zog ein schwarzer Eisbrecher seine Bahn, ein paar kleine Handelsschiffe folgten in seiner Fahrrinne.

Der Bär lief auf die Stadt Kantalahü zu, Vatanen auf Skiern hinterher. Einige Kilometer weiter nördlich quoll Schornsteinrauch in den klaren Frosthimmel.

Der Bär erreichte die Fahrrinne des Eisbrechers, Vatanen glitt hinterher, auf dem leuchtendklaren Eis des Weißen Meeres wurde der letzte Kampf dieser furchtbaren Jagd ausgetragen: Der Bär hob sich auf die Hinterbeine, stieß einen durchdringenden Schrei aus; der strahlendweiße Kranz um seinen Hals leuchtete in der Sonne. Er wandte sich zu Vatanen um, brüllte in wilder Wut. Vatanen nahm die Skier ab, legte sich aufs Eis, taute mit dem Daumen den Reif vom Zielfernrohr ab, entsicherte das Gewehr und schoß dem Bären direkt in die Brust.

Das große Tier brach auf dem Eis zusammen, eine Kugel hatte genügt. Vatanen kroch zu dem Bären hin, ließ das Blut aus der Gurgel abfließen, das schwarz und geronnen war. Vatanen trank zwei Handvoll davon. Dann setzte er sich auf den gewaltigen Kadaver und zündete sich eine Zigarette an, seine letzte. Er weinte und wußte nicht warum, die Tränen kamen von selbst. Er streichelte das Fell des

Bären, streichelte den Hasen, der mit geschlossenen Augen im Rucksack lag.

Auf dem Eis landeten zwei große Flugzeuge, Soldaten sprangen heraus. Etwa zwanzig Männer liefen auf Vatanen zu, einer sagte im karelischen Dialekt: »Na, Towarisch, nu haste ihn gekriegt. Im Namen der Roten Armee spreche ich dir meine Glückwünsche aus. Und jetzt nehme ich dich noch als Spion fest, aber mußt keine Angst haben, Mann, ist bloß 'ne Formsache. Hier, nimm 'nen Schluck.«

Der eiskalte Wodka trocknete Vatanen die Tränen. Er stellte sich vor, sagte: »Ich bitte um Entschuldigung, daß ich die Grenze überschritten habe, aber anders hätte ich diesen Bären nicht erlegen können.«

»Vot, ist entschuldigt! Du bist so viel gelaufen! Jetzt steig in die Maschine, die Männer häuten den Bären ab. Nimmst du diesen Hasen mit?«

Sie bestiegen das Flugzeug, das vom Eis startete und nach ein paar Minuten auf einem Flugplatz auf dem Festland landete.

»Vot, zuerst in die Sauna und dann schlafen. Morgen zum Verhör.«

23. KAPITEL

Im Gouvernement

Vatanen und der Hase blieben zwei Monate als Gefangene in der Sowjetunion. Während dieser Zeit wurde Vatanen viele Male verhört und über Finnland befragt. Es stellte sich heraus, daß die sowjetischen Truppen Vatanens Grenzübertritt beobachtet und seinen Weg bis ans Meer Tag für Tag verfolgt hatten.

Der karelische Rundfunk brachte eine Meldung über Vatanen.

Die Zeitung »Sowjet-Karelien« interviewte ihn, man fotografierte ihn mit dem Bärenfell um die Schultern und dem Hasen auf dem Arm. Alle Behörden waren zuvorkommend. Vatanen wurde nicht arretiert, sondern konnte sich frei in Petrosawodsk bewegen, mußte lediglich versprechen, nicht über die Grenze nach Finnland zu laufen, ehe sein Fall geklärt sei.

Ein zweihundert Seiten starkes Verhörprotokoll wurde nach Finnland geschickt, in dem Vatanens Etappen, sowohl dort als auch auf sowjetischem

Gebiet, genau nachgezeichnet waren. Die sowjetischen Behörden ersuchten das finnische Innenministerium zu überprüfen, ob Vatanens Bericht stimmte. Einen Monat später traf die Bestätigung ein. Diesem Schreiben zufolge hatte sich Vatanen in Finnland zahlreicher Verbrechen schuldig gemacht.

Er hatte (1) mehrfachen Ehebruch begangen. Er hatte (2) die Behörden irregeführt, indem er (3) und (4) keine An- und Abmeldung des Wohnsitzes vorgenommen hatte, war also ein Landstreicher. Er hatte (5) mehrere Tage ein Wildtier ohne entsprechende Genehmigung mit sich geführt; (6) in Nilsiä heimlich Fisch gestochen und mit einem gewissen Hannikainen zusammen ohne ordnungsgemäßen Angelschein geangelt; (7) während des Waldbrandes gegen das Alkoholgesetz verstoßen, indem er illegal hergestellten Branntwein zu sich nahm; (8) in Tateinheit mit dem Alkoholgenuß, gemeinsam mit einem gewissen Salosensaari, hatte er vierundzwanzig Stunden lang seine Aufgaben bei der Brandbekämpfung vernachlässigt; (9) in Kuhmo Leichenschändung begangen; (10) sich in Meltaus am Ounasfluß an der Entwendung und dem illegalen Verkauf deutschen Kriegsguts beteiligt; (11) sich in Posio der Tierquälerei schuldig gemacht, (12) in Vittumaisenoja einen Skilehrer namens Kaartinen mißhandelt und weiterhin (13) versäumt, rechtzeitig und ordnungsgemäß vor einem gefährlichen Bären zu warnen; hatte (14) ohne Waffenschein an einer illegalen Bärenjagd und (15) ohne offizielle Einladung an einem Essen des Außenministeriums teilgenommen; (16) unter Ausnutzung eines Mißverständnisses seinen Hasen ohne Entrichtung eines Entgelts im Staatlichen Forschungsinstitut in Helsinki behandeln lassen; weiterhin hatte er (17) den Sekretär des Konservativen Jugendverbandes in der Toilette eines Helsinkier Restaurants mißhandelt; war (18) in trunkenem Zustand mit dem Fahrrad auf der Landstraße nach Kerava gefahren; hatte sich (19) bei Aufenthalten in Turenki und Hanko mit einer weiblichen Person namens Heikkinen verlobt, obwohl er verheiratet war; hatte ferner (20) im Wiederholungsfall ohne ordnungsgemäßen Waffenschein eine Bärenjagd aufgenommen und (21) im Rahmen dieser Jagd ohne Papiere die finnisch-sowjetische Grenze überschritten; danach hatte er sich (22) jener Vergehen schuldig gemacht, die er den sowjetischen Behörden eingestanden hatte.

Wegen all dieser Verbrechen müsse Vatanen durch die finnischen Justizorgane verurteilt werden, hieß es in dem Schreiben. Man verlangte Vatanens Auslieferung, außerdem die Übergabe des in seinem Besitz befindlichen Hasen sowie des Fells des von ihm erlegten Bären.

»Bist ja ein ganz schöner Verbrecher«, sagte der verhörende Beamte in Petrosawodsk lachend. »Mir bleibt nichts anderes übrig, als dich nach Leningrad zu schicken, sollen die dort die Sache übernehmen.«

In Leningrad durfte Vatanen in der Zeit, in der mit den Sowjets über seinen Fall verhandelt wurde, im Hotel Astoria wohnen. Die sowjetischen Behörden verzichteten auf irgendwelche Ansprüche ihm gegenüber, und schließlich, am 13. Juni, wurde er auf dem Finnischen Bahnhof in den Zug gesetzt. Der ihn begleitende Major umarmte ihn fest, küßte ihn auf beide Wangen und sagte: »Towarisch, wenn du entlassen bist, vot, komm wieder ins Astoria, laß uns zusammen trinken!«

24. KAPITEL

Epilog

Und so erging es Vatanen: Er wurde an der Grenze festgenommen und im Sonderabteil nach Helsinki überführt, wohin man auch den Hasen transportierte; dieser reiste in einer Sperrholzkiste mit runden Löchern und der Aufschrift »Lebendes Tier«.

In der Untersuchungshaft dachte Vatanen über seine Lage nach, zeigte jedoch keine Reue, sondern verstockte und zog sich völlig in sich zurück, so daß selbst der milde Gefängnisgeistliche mit einem Kloß in der Kehle den Kopf schüttelte.

Die Behörden hatten ein Problem mit dem Hasen: Er war unstreitig Vatanens Eigentum, konnte weder getötet noch aufgegessen werden. Vatanen forderte über seine Anwältin, der Hase solle als Mitschuldiger verurteilt werden; es war sein Wunsch, die Beschwernisse der Haft mit der geliebten Kreatur zu teilen.

Der Gefängnisdirektor studierte das Gesetz und kam zu dem Schluß, Vatanen sei keine Frau und der

Hase nicht ihr Baby. Ein Kind könne man mit der Mutter zusammen inhaftieren, und zwar solange, bis es ohne sie zurechtkäme; doch ein Tier könne man in Finnland nicht so behandeln. Im eigentlichen Sinne sei der Hase zwar nicht Vatanens Haustier, hieß es im Gutachten der obersten Gefängnisbehörde, doch sei auf jeden Fall verboten, den Häftlingen zum Zwecke der Gesellschaft Haustiere oder damit vergleichbare Lebewesen beizugeben. Außerdem verbiete das Tierschutzgesetz, den Hasen zu Vatanen in die Zelle zu sperren, denn die sei zu ungesund für ein wildes Tier, als welches man Vatanens Hasen juristisch nach wie vor betrachten müsse. Mit dieser Begründung lehnte die Gefängnisverwaltung es ab, den Hasen in die Zelle zu stecken.

»Sie verstehen doch, daß sie viel zu trist für ein unschuldiges Tier ist«, erklärte der Gefängnisgeistliche, als er Vatanen vom Beschluß der Direktion in Kenntnis setzte.

Das Problem wurde erst gelöst, als Vatanen einen Brief an den Staatspräsidenten schrieb. Er schmuggelte den Brief, an den Boden des Eßgeschirrs geklebt, in die Galvanisierungswerkstatt, wo ihn ein Arbeiter in einer Kapsel hinunterschluckte und abends in seiner Wohnung wieder ausschied; er trocknete das Papier, glättete es, verschloß es in einen sauberen Briefumschlag und warf ihn bei Vollmond um Mitternacht in den Briefkasten des Präsidentenpalastes, von wo er am folgenden Morgen um Punkt sechs Uhr zusammen mit vielen anderen zur Bearbeitung in die Kanzlei geschafft wurde.

Vom Öffnen des Briefes bis zu dem Moment, da der Hase in einem Spankorb in Vatanens Zelle gebracht wurde, vergingen nicht mehr als eine Stunde und zehn Minuten. Als ich Vatanen fragte, wie er das erreicht habe, antwortete er, darauf wolle er nicht eingehen, der Brief sei vertraulich gewesen.

Ich, der Autor, hatte das einzigartige Glück, Vatanen in seiner Untersuchungshaft besuchen zu dürfen. Wir führten lange Gespräche miteinander, die ich möglichst genau aufzeichnete, um danach dieses Buch zu schreiben.

Mir hat sich das Bild eines tiefsinnigen und charaktervollen Mannes eingeprägt; ewig werde ich an seinen Ausspruch zum Abschluß des letzten Interviews denken: »So ist das Leben.«

Meines Erachtens weist Vatanens individuellhistorische Tat ihn als Revolutionär aus, als umstürzlerisch im echten Sinne, und darin liegt seine Größe. Wenn er in seiner öden Zelle zärtlich den Hasen streichelte, als wäre er dessen Mutter, begriff ich, was Menschlichkeit ist. Ich erinnere mich an Momente, in denen er feuchten Auges die steinerne Gefängniswand ansah. Dabei hatte ich das unbestimmte Gefühl, daß nichts diesen Mann, der Opfer so unglücklicher Umstände geworden war, davon abhalten würde, noch einmal seine innersten Kräfte zu offenbaren.

Als dieses Buch in Druck gehen sollte, brachte mir ein reitender Bote ein Blitztelegramm aus dem Gefängnis in mein Arbeitszimmer: Vatanen und der Hase waren geflohen!

Ich eilte hin und erfuhr die Einzelheiten der Flucht. Sie gehört zu den merkwürdigsten Fällen unserer Kriminalgeschichte: Vatanen verspürte einen so großen Freiheitsdrang, daß er an einem dieser leidvollen Tage mit dem Hasen durch die Zellenwand ging, über den Gefängnishof schritt und durch die Außenmauer in die Freiheit lief. Danach hat man weder ihn noch den Hasen je wieder gesehen. Die Gefängniswärter standen wie gelähmt hinter ihren Maschinenpistolen, unfähig, die Flucht zu verhindern. Vatanens Anwältin, Frau L. Heikkinen, hat man seit dem Tag der Flucht ebenfalls nicht mehr gesehen, und niemand weiß, wo sie sein könnte.

Auch diese letzte bekanntgewordene Tat zeigt, daß mit Vatanen nicht zu spaßen ist.

Suomusjärvi, den 14.5.1975 Arto Paasilinna

Nr. 25 060

Ljudmila Ulitzkaja

MEDEA UND IHRE KINDER

Ende April beginnt für Medea Mendez, geborene Sinopli, die »Familiensaison«. Von überall her kommen die Nachfahren des alten Griechen Sinopli auf die Krim. Medea, seit langem verwitwet und kinderlos, ist zur Urmutter des Familienclans geworden, die im Stillen über das wilde Treiben der jungen Menschen wacht. Und auch in jenem Sommer wird Medeas Haus zum Schauplatz der Leidenschaften.

»Das Buch ist großherzig, tragisch, durchtrieben und amüsant ... Die Kritik wird es als Erzählwunder preisen.«
DIE ZEIT

BLT

Mit der Welt
auf Buchfühlung